T0414101

Arderá el viento

Guillermo Saccomanno

Arderá el viento

Primera edición: marzo de 2025

© 2025, Guillermo Saccomanno
© 2025, Penguin Random House Grupo Editorial, S. A. U.
Travessera de Gràcia, 47-49. 08021 Barcelona
© 2025, Penguin Random House Grupo Editorial USA, LLC.
8950 SW 74th Court, Suite 2010
Miami, FL 33156

© Diseño: Penguin Random House Grupo Editorial,
inspirado en un diseño original de Enric Satué

Impreso en Colombia / Printed in Colombia

ISBN: 979-8-89098-430-2

25 26 27 28   10 9 8 7 6 5 4 3 2 1

A Malala

Vendrá el fuego y juzgará todas las cosas.

HERÁCLITO DE ÉFESO

Nosotros

El cadáver amanecerá en un barrial del sur, cinco impactos de 9 mm. No nos vamos a poner a detallar dónde le acertaron los balazos, si en el pulmón izquierdo, en el hígado, donde sea. Detallar los impactos no aclara demasiado el asunto. Nadie vio nada. Pero la sangre está. No nos hagamos los que no vimos. Siempre alguien vio. Y pudo ser visto viendo. Somos pocos en esta Villa y nos conocemos, las malas noticias circulan antes que en la radio, la tele y el periódico. Y si se raspa un poco, se encontrarán conexiones entre el asesinato y los integrantes de las fuerzas vivas. Nosotros nos repetimos, es cierto, hay historias que adquieren protagonismo un tiempo y después las reemplazan otras y el olvido. Y cada una, toda una novela. Por ejemplo, el Hotel Habsburgo. Si unas cuantas vidas se encuentran ligadas con él tal como se las recuerda, es a través de Moni, la dueña que surfeó con una elegancia sensual algo anticuada, pero que en ella era estilo. Sexo, dinero, traición, asesinatos, corrupción tuvieron que ver tácitamente con ella, Moni, quien asumió todo el tiempo una inocencia digna de una esposa fiel, madre abnegada y, aureolándola, la fama de poeta del pueblo. También habría que tener en cuenta a su cónyuge, el conde Esterházy, el noble húngaro obsedido por la tela en blanco, que la iba de artista maldito, alcohólico y timbero perdido, capaz de venderle el alma al diablo si ya no lo había hecho en la época de estos sucesos. Y los vástagos de ambos, el casalito, yunta freak que no puede pasarse por alto; el pibe estrábico, víctima en la escuela, que habría de convertir la humillación en una alquimia de estrambóticas ideas terroristas y desprecio a los seres humanos que intentaría llevar a la práctica. A su lado, inseparable, Aniko, su hermana escuálida y lánguida, aficionada a un espiritualismo orientado por el *I Ching*, que emplearía como oráculo para explicar su destino a quien la consultara. Jardinero, albañil, carpintero, mayordomo, custodio, amante, al grupo debe sumársele Tobi, el ladero enamorado de su patrona, dotado como un burro. Además están los funcionarios municipales, dicen, Greco, el intendente, Damonte, el secretario de Planeamiento, siempre cuestionados por conflictos vinculados con las coimas y las influencias, los enjuagues del Concejo Deliberante, y sus respectivas familias. Y no dejaremos afuera a Nancy, la doméstica de confianza de los Greco, dueña de su intimidad, sus secretos. A quienes no se puede apartar es a los policías, entre los que se destacan el comisario Barroso, con sus métodos herederos de la represión de la dictadura. Si se busca comprobar la relación entre la escritora libertina y los mandamases de la Villa, no será necesario hurgar mucho entre sábanas arrugadas para comprobar que los chismes de pueblo, como toda mitología, disponen de una resaca de verdad. Contemos, entre otros, al polaco Tomasewski, el ferretero tan atribulado como su hija pianista, condenada a la frustración de sus aspiraciones artísticas. Incluyamos a Dulce, la jipona viuda cosechadora de cannabis, la flor más pegadora de la Villa y su empleo aceitero. No puede faltar en esta trama Dante, el veterano redactor de *El Vocero*, pasquín semanal, redundante decirlo, que da cuenta de todas las voces de nuestra comunidad. Y no olvidemos a Virgilio, su remisero amigo que lo traslada por nuestro infierno de una conferencia de prensa a una escena del crimen o, clandestino, a los encuentros con su amante a la hora de la siesta. Subimos la mirada al cielo nublado, no clamando por su ayuda, sino por la intriga que nos despierta esa avioneta que otra vez sobrevuela la Villa y aterrizará en el aeródromo que está cerrado en invierno pero, no obstante, hay unas camionetas cuatro por cuatro negras esperando. Y volviendo, del mismo modo que podríamos seguir ampliando este casting, podríamos seguir conjugando hipótesis sobre las razones del cadáver fusilado, la sangre que termina chupada por la arena. Bienvenidos, como prometía el fundador de nuestra Villa, al balneario que se recomienda de amigo a amigo.

Ellos

1

Altanero, caminando lento, casi marcial, sacando pecho, el pelado cincuentón, próximo a los sesenta, si no los pasó ya, vestido con una camisa a cuadros y unos jeans desteñidos que se abrocha por encima de la barriga, con unos borcegos deformes, lo vemos, avanza orgulloso por la alameda con un paquete de pañales.

2

Pero lo que a nosotros nos interesa ahora está en el pasado, un Buick blanco descapotable modelo 46, tan extravagante, tan snob, como la pareja que viene perdiéndose en el laberinto de las alamedas hasta encallar en la arena blanda frente a la casona que había sido de Don Karl, el patriarca fundador, y ahora era de Arno, su nieto. El primero en bajar es el tipo, flaco, anguloso, traje negro, camisa blanca, desabrochado el cuello y la corbata suelta, los zapatos de charol polvorientos.

Se pasa la puntera por detrás de la pantorrilla buscando recobrar el brillo perdido, maniobra que, además del brillo del calzado, pretende borrarle niebla, cuando no oscuridad, a su pasado. Tiene aspecto tanguero. Pálido, demacrado, y una mirada cínica y penetrante que parece indagar el fondo de cada ser que se cruza, radiografía útil para el conocimiento del otro en función de una ventaja o una humillación. Y ella, pelirroja, refinada, pero con una cierta informalidad lánguida, sensual. La camisa de seda blanca abierta, demasiado abierta, el cuello sobre las solapas del saco entreabierto. Puede verse el cinturón de cuero con una hebilla plateada ajustando el pantalón largo. Las mujeres de por acá, aun las chetas más insinuantes, no vestían así, se dirá. Las mujeres, no ella, esa tipa de pelo rojo recogido, anteojos de sol y un rouge que le inflama los labios. Y los tacos altos. Se descalza apenas pisa la arena. Respira profundo el aire del mar. Y mira alrededor con curiosidad. Mientras él levanta el capó, echa agua en el motor humeante, ella se aleja, descalza da una vuelta alrededor y tarda un rato en volver. El tipo bebe de una petaca. Ella estira una mano de uñas largas carmín. El tipo pone la petaca boca abajo. Ni una gota. Entonces ella extrae una cigarrera de plata, un cigarrillo al que le adosa una boquilla y lo prende. De dónde habían salido esos dos, se preguntaron, seguro, los paisanos que pudieron cruzarse. Y le fueron con el cuento, seguro,

a Arno, el nieto de Don Karl, el patriarca fundador de la Villa. A tener en cuenta, Arno significa
águila. Arno debe haber permanecido en su silla
ante el escritorio, revisando unas escrituras. Porque, seguro, tarde o temprano esos dos iban a
acudir a su oficina: lo sabía. Como tantos, los que
acá vienen, vienen huyendo. Y esos dos, si vienen
así, engalanados, más que seguro se rajaron justo
a tiempo de rodada cuesta abajo a toda velocidad
hasta fundir el motor del Buick, que quedaría ahí
enterrado en la arena un buen rato.

3

Arno tardó en levantar la vista cuando esos
dos entraron a su oficina guiados por Gertrud.
Sin duda, a su hija, la vigilante esmirriada de la
propiedad, ya fuera por guardiana de su padre o
por el interés en lo que algún día iba a heredar, no
se le escapó el modo en que su padre lentamente
levantaba los ojos claros y los detenía en lo que
dejaba entrever la camisa de seda blanca abierta
de la mujer. Arno les tendió una mano curtida,
callosa, como lo hacía su abuelo con los recién
venidos. Los invitó a sentarse. Y con un acento
germano les dio la bienvenida a su Villa. El hombre le preguntó, en alemán, si no prefería conversar en su lengua. No hubo afectación en el pro-
nunciar. Como un volver a vivir, dijo el hombre.

Como a todos los que se presentaban en ese entonces en su escritorio de dueño y administrador, esos dos también le comentaron su deseo de afincarse en la naturaleza, un abandono de la urbe, un proyecto hotelero. No era la primera vez que Arno escuchaba un comentario por el estilo. Y, a propósito del estilo, se preguntó con astucia hasta dónde había una verdad de aristocracia en estos dos comediantes. De dónde procedían, les preguntó. Ella lo miró a él. Y él respondió de la casa Esterházy. Y agregó: Habsburgo. Y puso un lingote sobre el escritorio. Budapest, dijo. La suerte de una herencia. Arno lo tanteó: Es usted judío, Esterházy. El tipo que respondía a ese apellido fue veloz: Quiere que pele, lo desafió con sorna, una mano en la entrepierna. Su sentido del humor es auténticamente ario, festejó Arno. Desde la puerta, Gertrud observaba la escena: Lo somos, dijo. Entre la ironía y el cálculo, estudiándose, sucedió el primer encuentro entre Arno con Hugo Esterházy y Moni, tal como ella se dio a conocer en esa reunión: Monique Dubois.

4

Si escarbamos en la historia, esos dos deben haber llegado a la Villa transcurridas las seis décadas en que el lugar había dejado de ser un caserío de la costa, balneario marino exclusivo que se recomendaba de amigo a amigo en la comunidad alemana, y pasó a convertirse en un reducto hippie y más tarde una comarca de chalets, propiedades de profesionales progres, los exhippies, y, ahora, cuando esos dos arribaron, en la Villa ya estaba La Virgencita, el asentamiento en la periferia. De los orígenes hablaremos quizás después, el mito de la Villa costera como destino final del camino de las ratas, refugio de nazis. Aunque de esto nadie quiere hablar siquiera hoy.

5

A Dante, es sabido, cuesta tirarle de la lengua, y aun cuando se le calienta el pico, no es fácil sonsacarle un secreto. Que conste, más parco se volvió después que se apareció aquel pibe, el colorado, mormón, que vino desde Utah hasta acá, hasta el local húmedo donde él cocina *El Vocero*, el pasquín del pueblo. Vino, el pibe, en una cuatro. Se llamaba Randolph, Randy para los amigos. Pero él no era ni iba a ser su amigo. Quería conocerlo, dijo, saber la cara del tipo que embarazó a su madre cuando huía de la ciudad en una noche de ómnibus escapando de los milicos. Y después ella volvió a tomarse un micro a Mar del Plata. Se la tragó la nada hasta que ahora, cuando vino el pibe, Dante se enteró de qué había sido de la guerrillera, de que se había vuelto hippie en California y en el último tiempo adicta a la heroína, joder con el enrosque de la historia. La cuestión es que el pibe vino, le vio la cara al padre y así como vino volvió a subirse a la cuatro y si te he visto, no me acuerdo. Desde esa mañana nuestro escriba, el dueño de los secretos de todos y, seguro, más conocedor de los tejes, manejes, enjuagues y arreglos turbios de la Villa que el mismo Arno, quien se adjudica la propiedad de nuestras intimidades, desde esa mañana, decimos, Dante se puso más hermético. Después de la visita relámpago de Randy, acordamos. Dejemos hablar al viento, que cada uno esconda sus secretos donde más le guste y que su conciencia se ocupe de ajustarle las cuentas, piensa Dante. De modo que si alguien quiere alguna pista sobre la historia del Habsburgo, Dante sería el indicado para contar lo que sabe, que no debe ser poco porque, como aseveran algunos de la época anterior al incendio, Dante no solo fue amigo del conde que también se asignaba el título de duque, y este cambio de jerarquía nobiliaria variaba de acuerdo al escabio, decimos, y en esa época, antes del incendio, Dante tuvo también su historia con Moni. Pero quién, por acá, se dice, no tuvo una con la Colorada, que se jactaba de haber coleccionado como amantes inclusive a aquellos que, sin haberle arrimado, se atribuían un affaire que Moni no se ocupaba de desmentir. Almacenar fantasías le daba fama. También infundía respeto.

6

Pero cabe preguntarse si acaso la construcción de un hotel no se basa en la distribución de tantos recovecos como tiene el alma de quien lo diseña o, mejor dicho, tantas habitaciones como secretos, en cada cuarto algo que conviene encerrar, pero si por cada uno pasa un sinfín de huéspedes, entonces, ni hablar, ni hablar decimos, por qué no habremos de urdir conjeturas. Consideremos entonces el alma de Moni, la cantidad de sus secretos que el hotel habrá cobijado y no pensemos dónde los ocultó, ironiza la peonada borracha del almacén de Mariucha, que tiene al frente solo medanales, yuyaje y después campo. Allí se juntan los últimos del paisanaje que en los primeros tiempos de la forestación de la Villa Don Karl había conchabado y más tarde trajo los tanos y los gallegos, además de polacos y montenegrinos, y entonces la edificación cambió, y el nuevo empuje inmigratorio se instaló en el sur, un caserío variopinto, el barrio obrero, como lo bautizó Don Karl, y allí se montaron madereras, corralones y tiendas. Todavía en esa época andaba por acá Rainer, el arquitecto austríaco que había importado Don Karl para poner en obra sus proyectos. Rainer le había advertido que en este paisaje, una franja de arena costera, igual a Suffolk, era imposible que creciera una planta. Pero Don Karl, tozudo, había conchabado a los paisanos para regar las dunas aun en verano y más tarde, cuando fueron reproduciéndose los primeros tallos, y pudo plantar eucaliptos, pinos y acacias, se le ocurrió un hotel de categoría, un par de hosterías, una enfermería, un teatro. Rainer fracasó en cada intento. De todo eso perduró el esqueleto de un hotel sin nombre, las hosterías apenas techadas, una sala de primeros auxilios que, en verdad, fue un consultorio con piso de portland, y el teatro fue el salón de actos de la primera escuela. Ahora, después de aquella etapa remota, esos dos consultaron a Castiglione, el constructor, y por unos pesos le encargaron transformar el Habsburgo mediante un diseño caprichoso. Los vecinos miraban, curiosos, las formas que iba tomando la obra que respondió en principio a la fantasía de Rainer, quien previamente a la guerra había construido una sinagoga en Viena, más tarde arrasada por el fuego nazi: en efecto, Rainer quería reproducir esos rasgos de templo pero ahora el barón, porque a veces el conde era barón, quería recomponer, con los servicios de Castiglione, la construcción original que respetaba, según él, un gusto vienés. Y una vez inaugurado el Habsburgo, Moni se destacó luciéndose en los giros de un vals en las fiestas.

7

Un alboroto de pájaro en el vientre, le habría dicho Moni a Dante en una de sus siestas. A Lorca le atribuía la metáfora. Eso era mi vientre. Sentís las alas, su revoloteo, una alegría del cielo. Supe que era una paloma. Y por eso la llamé Paloma, la primera cosa buena que traje a este mundo de mierda, le cuenta. Palomita me inspiró el poema más bello que escribí en mi putísima existencia. Pero cuando el padre fue a anotarla le puso Aniko. Dante escucha la lluvia espaciada. Es la hora de la siesta y llueve frío. Y si el primer embarazo fue el gozo, siguió Moni, una epifanía, en cambio, el segundo fue una tortura. Contra lo que pensaba, hasta el momento, Moni no le había ofrecido leerle sus poemas. La siesta venía de confesión. Porque confesarse, redundó ella, es desnudarse. Y después de Aniko me juré no reincidir. Hay un trueno que se alarga en el bosque, parece temblar la tierra, y el viento arranca tejas, quiebra ramas, derriba piñas, un aliento de destrucción que viene del cielo y ella, inspirada por la tormenta. Pero el húngaro me llenó de vuelta. Y entonces fue Lazlo. Esta vez no fueron plumas, no el contento de alas batiéndose suavecitas en el bombo. Eran mordiscos, tarascones. Lo que me tenía, me dije, era un ser depredador. Cerré los ojos cuando vino la madrugada de dar a luz, apreté los párpados y grité. El alarido debió sentirse en Madariaga. Y lo vi brotar, ensangrentado. Voló por el cuarto, chocó contra las paredes y después, en un remolino, dio una vuelta en torno mío y se posó en mis tetas chupándome la sangre. Cualquier nombre me daba igual. El padre quiso Lazlo. Pero acá le dicen Lalo. Y ahí andan, vos los ves y te das cuenta de cómo se diferencian, lo distintos que son: el hada y el roedor. Aniko es lenta, le sobra la ternura, y al otro esa inteligencia maliciosa. Y ahora que te conté, dejame que te lea un poema que escribí sobre la vida y la muerte. Dante agarró los pantalones que habían quedado sobre la alfombra: Me tengo que ir. La lluvia ahora era pausada. Pero no el viento. Con esta tormenta te vas a ir, puchereó ella. Una urgencia, mintió Dante. Tengo una reunión en el Círculo Germano. Manoteó el papel. Me lo llevo, dijo. Apenas pueda te lo publico en el semanario. Salió del dormitorio, bajó apurado las escaleras y en la sala se cruzó con Tobi, más que un sirviente, un mastín. Y poniéndose el impermeable entró en la tormenta que lo vapuleó.

8

Y por qué habían elegido su Villa, quiso saber Arno. Que habían escuchado hablar, que las referencias condecían con lo que habían soñado, un paraíso ario, la Selva Negra, le dijo. Arno sacó una botella de brandy de un cajón, puso tres copas sobre el escritorio. Las llenó. Empujó dos copas hacia ellos. Le agradecieron, pero no. La invitación era una táctica del viejo Don Karl aprendida por su nieto. Si los posibles clientes aceptaban un trago y después otro, durante esa primera charla significaba una debilidad, una tendencia al alcoholismo. Esa era su táctica para calibrar moralmente a los posibles habitantes de sus dominios. Y postergaba la operación. No quería borrachos en sus dominios, aclaró, y sabía lo que puede el alcohol. Ya bastantes problemas le traían los paisanos. Estos dos parecían limpios, a menos que fingieran conocer su truco. Cuando Hugo había dicho ario, Arno tuvo una expresión preocupada. Ya se habían corrido en los primeros tiempos, los fundacionales, los rumores de un transmisor, los reflectores en la costa por las noches, los submarinos, los botes. Hasta que el oro del Reich se trajo aquí, se decía. Eso había sido en los cuarenta y ahora era un cuento de fantasmas, nuestra Villa está poblada por fantasmas. Este es un lugar de paz, dijo Arno. Ideal para criar chicos en la naturaleza. Leyó a Hölderlin, preguntó. Ella fue la que recitó unos versos que aludían al bosque. En perfecto alemán, lo recitó. Arno la observó, tenía el saco entreabierto y podía mostrar, a la altura de los pezones, la humedad trasluciendo la camisa. Ella le devolvió una sonrisa. Una familia es una inversión, dijo Arno. Han elegido ustedes la atmósfera ideal. Se le iba la mirada a Moni, su saco entreabierto. Hubo un silencio. Y después, Hugo: Hablemos de las condiciones, dijo. Arno asintió. Hablaron del arreglo. Ese auto blanco, acá, en estos arenales, no les será de utilidad. Si lo incluimos como parte del contrato, me vendría bien para mis viajes a Mar del Plata. Tras sellar el acuerdo, les ofreció una cabaña como hospedaje transitorio. Unos días después, mientras Hugo le daba instrucciones a Castiglione, Arno iba con Moni a Mar del Plata con la excusa de encontrar mejores sanitarios, y Gertrud miraba con acritud el Buick blanco perdiéndose en una polvareda.

9

Sobre que Moni aprovechó sus revolcones con Arno parece no haber discusión. Tanto Gertrud como Esterházy hicieron la vista gorda. Pero el marido, por su lado, tenía claro que del adulterio obtendrían alguna ventaja. En tanto Castiglione, desquiciado con las pretensiones de Esterházy, intentaba que los bocetos coincidieran con la realidad. Las discusiones eran fuertes y continuas. Arno intercedió: faltaba apenas un mirador que divisaría el mar a cinco cuadras de pinos, acacias, álamos, cedros y eucaliptos. En tanto, a Moni, a quien los lugareños habían empezado a llamar la Moni, pronto dejaron de gotearle los pezones, perdió un embarazo asistida por el doctor Dieterle, el médico que Arno había traído desde Villa Ballester. Más tarde, según ella, repararía la pérdida de esa criatura por partida doble. Entonces le dio las gracias a Yahvé. Y desde que nombró a Yahvé, se supo, no quedaron dudas de que era hebrea, afirmaba en tono conspirativo el doctor Dieterle. Hasta entonces nadie había descubierto el auténtico apellido de Monique Dubois, que teníamos por la Moni, una mujer de carácter que arrastraba con dignidad la ruina del barón Esterházy, que ahora la iba de barón, una dignidad cautivante y seductora la suya. Cuál era el pasado de esos dos. Así como el marido era un día conde y al siguiente duque, ella tenía una vida múltiple en su haber, sabía de todo porque había hecho de todo, según ella, seducción pura, a medida para cada interlocutor.

10

En cualquier estación se lo veía a Esterházy parado en las dunas más altas, erguido en el viento, byroniano, frente al mar allá abajo. En invierno llevaba un sobretodo negro sobre el mismo traje con que había venido a la Villa y en verano chambergo, camisa blanca, *breeches* o, como los paisanos, alpargatas. En el mirador había instalado su atelier, así lo llamaba. Acumuladas contra una pared, unas telas de grandes dimensiones en las que predominaba un rojo rabioso, inconclusas. Algunos hablaron de arte abstracto. Que Esterházy era un pintor abstracto. El personal del hotel, las sirvientas, el cocinero y la peonada opinaban, en cambio, que esos cuadros indicaban que por el abuso de la ginebra el patrón había acabado perdiendo un tornillo. Esterházy se ponía teatral, ampuloso, cuando venía a Moby, nuestro parador playero donde le fiaban el trago, y entonces desarrollaba sus tribulaciones para darle forma a la nada en un gran lienzo. No persigo lo visible, decía Esterházy. Tampoco pretendo compartir con los mediocres mi percepción de lo Otro, con mayúsculas. Y vaya uno a saber qué era eso Otro que andaba buscando mientras ella, Moni, con jean, tricota azul y campera de franela a cuadros, botas, había empezado a desempeñarse como maestra en la escuela uno. Si no educamos a la manada, estamos perdidos, la había convencido Arno. Por manada entendía tanto a los parditos de los campos cercanos como a la prole de los inmigrantes que iban reproduciéndose año tras año, los hijos de albañiles, electricistas, mecánicos que sembraban sus crías en los inviernos largos y asomaban en verano y otoño para aumentar la estadística del próximo censo. En el verano Esterházy no parecía preocupado por el mantenimiento del Habsburgo. Se entretenía relacionándose con unas familias bacanas en el verano que después de una estadía corta abandonaban el hotel a las puteadas contra el servicio, la comida y la promiscuidad de las paredes de madera. En los primeros días de marzo, el Habsburgo se convertía en alojamiento de fantasmas. Al duque Esterházy lo confundían los susurros del viento en los pasillos, un rumor causado por voces conjuradas para perjudicarle la visión del Otro, que debía esconderse en un rincón del hotel. Si lo esencial es invisible a los ojos, se decía, más seguro sería detectarlo al aire libre, en lo alto de un médano, escrutando el cielo que ahora se agrisaba, el viento venía del sur y la sudestada era inminente. En el invierno, las solapas alzadas y la falda del sobretodo negro flameando le daban un aspecto romántico. Pero los paisanos que ignoraban a Byron pensaban en un loco malo. El tipo era, además de altanero, un caminante de las alamedas hablando solo, sin reparar en los que se cruzaba que, a su espalda, temerosos, se persignaban. A ver si tenía poderes y te echaba una maldición. Había entonces que entender a Moni, que esperaba encontrar consuelo ya no en las escapadas en el Buick blanco con Arno, sino en los brazos de Greco, el intendente, o Barroso, el jefe de Policía, por nombrar dos importantes de nuestra Villa. Estaba anotado también Damonte, el secretario de Planeamiento, un influyente más. Después una tropilla: Romagnoli, el director de la cooperativa eléctrica, Maciel, el de la telefónica,

Muzzio, el supermercadista Crespi. Y vaya a saber cuántos y quiénes más, nos decíamos. Pobre mujer, si el marido, con el yeite del arte, la dejaba sola y con dos terneros al pie, librada a su suerte. Pero más que el arte, a él le tiraba la rula y se mandaba a Mar del Plata en el Citroën destartalado que, según las malas lenguas, Arno le había regalado a Moni cuando, empalagado, se la quiso sacar de encima.

11

Si preguntamos en Ayacucho, nos dirán que Tobías Agüero fue hijo de unos puesteros, retoño tardío de un matrimonio reseco. El padre murió debajo de las ruedas de un tractor. Manejaba el hijo. El padre le estaba enseñando a manejarlo, se dijo. Y el chico, distraído, le pasó por arriba. Quedó solo con la madre consumida por la tristeza. Ella le tomó rabia al hijo, que vivía arrinconado a rebencazos en un galpón. Así hasta que la infeliz se ahorcó de una de las cabreadas. El hijo, callado, mudo desde lo del padre, se perdía por el campo hasta la noche. Un anochecer, cuando volvía a las casas, entró al galpón, quedó paralizado. Mudo lo encontraron al paisanito frente al cuerpo colgado de la vieja. Enterrarla no fue problema. Los patrones no querían saber nada del huérfano y los peones convenían que era un maligno. Un estanciero que venía a comprar unos caballos lo arreó. Fue criado a los ponchazos carpiendo la tierra en la Villa como peón. Pronto se le vio la pasión por las plantas. Más tarde, Moni lo adoptó y se lo trajo al Habsburgo. Pronto armó un jardín frondoso en torno al hotel. Había que ver cómo cultivaba flores. Y así fue como se quedó en el Habsburgo. Moni sentía una ternura especial por el huérfano. En cuanto a la ternura suya, se sospechó, no era solo una piedad maternal. Quienes lo vieron bañarse en un bebedero aseguraban que un burro no estaba tan bien provisto. Así que teniendo en cuenta que Esterházy solía regresar del almacén de la Mariucha tropezando de madrugada por las calles del pueblo tratando de acertar el camino de vuelta a la cama matrimonial, una noche, farfulló una de sus ironías y se derribó por ahí. El día que muera, le dijo Esterházy, traeteló y no vas a andar yirando por ahí, le dijo a Moni como si nada hubiera pasado. Tobi se convirtió enseguida en el custodio de los chicos Esterházy, una princesita rubia ella, un pajarraco tortuoso él. Quién se iba a meter con el hada y quién a castigar las bromas incisivas del canallita. Allí estaba Tobi, vigilando siempre, sin despegarse de los críos. Y si el jardinero taciturno escuchaba un chisme sobre la relación con su patrona, su cabreo era fingido porque, presumido, sacaba pecho.

12

En cuanto a los vástagos, como se dijo, no podían ser más diferentes. Aniko fue, desde chica, una criatura entre desvalida y angelical. Parecía estar en otra parte. Pero éramos nosotros los que estábamos en otra. Decía siempre lo que le pasaba por la cabeza. Y lo que le pasaba no éramos nosotros, era una verdad que desconcertaba, porque nadie, y menos nosotros, estaba acostumbrado a la sinceridad. En Rusia, de donde procedían los ancestros eslavos de Moni, se llama *yurodnvi* a quienes son como ella, aunque esta categorización de la demencia se aplica a esos seres fuera de toda convención que, a pesar de su delirio, enuncian verdades morales que pretenden enderezar a la humanidad señalando sus virtudes y miserias. Tal vez se exagera al adjudicarle esta condición a Aniko, y, como opinan otros, quizá con más sensatez, su inocencia debiera juzgarse idiotez en el sentido que Dostoievski le asignaba al príncipe Mishkin. Era alta, más bien delgada a lo Schiele, tenía el pelo enrulado y un andar pausado. Solía hablar lento, en voz baja, casi inaudible, como si no pudiera hablar sino después de una reflexión sobre lo que decía, lo que le valió la caracterización de perceptiva, que más tarde, cuando se apoderó del *I Ching* que había rescatado del sótano, le valió la caracterización de niña paranormal. Mediante el Libro, con mayúsculas, se decía, se volvió una casi gurú a la que se le otorgaron ciertos poderes espirituales, tan rara como su hermano, aunque en Lazlo la rareza era de una condición distinta: un chico que parecía mayor que ella, ojeroso, avejentado, huesudo, más alto que Aniko, tirando a raquítico, poseedor de una voz ronca y grave que empleaba para simular una inteligencia de prodigio. Su tendencia a la crueldad se manifestó desde chico destripando todo animal doméstico a su alcance sin contar comadrejas y loros caídos desde lo alto, abatidos por los balines de su rifle de aire comprimido. Pero en la escuela, para joderlo, le decían Lalo. A pesar de su estrabismo y sus lentes de aumento gruesos, una mañana le puso fin a la cargada. Con puntería afinada a un pibe le tiró una piedra con una honda y lo dejó tuerto. Lo expulsaron. Moni fue a llorar a la escuela: su principito era demasiado sensible y sufría más que nadie cualquier situación que lo disminuyera. En especial las burlas a que lo sometían en clase, burlas de las que se desquitaba, como aquella otra vez que a su compañerito de banco le clavó el compás en el culo. Que por herencia pertenecía a la casa Esterházy, una casta de la nobleza húngara que padecía serios trastornos emocionales, explicó Moni, trastornos que no impedían que sus integrantes poseyeran nobles inclinaciones espirituales y estéticas como las de su cónyuge, el conde, que era un artista que no había obtenido aún el reconocimiento crítico merecido.

El pequeño Lazlo no era, como sus compañeritos sostenían, un badulaque, sino un prometedor pianista de la talla de Paderewski. Con estos y otros elogios al niño, Moni, con su temple actoral llorando a grito pelado en la oficina, un arranque dramático que se oyó no solo en las aulas sino también en las viviendas vecinas, convenció a la directora de la escuela de que no lo echara. Nadie podía negar que los vástagos del matrimonio Esterházy-Dubois fueran, según Dante, además de raros, un fenómeno que Charcot habría apreciado. El escriba, nos dijimos, al definirlos, quizás exageraba, pero no tanto.

13

Esta mañana de llovizna, temperatura glacial, con la estufa eléctrica cerca de los pies bajo la mesa que ocupa casi todo el espacio del local de *El Vocero*, un cubículo en el fondo oscuro y húmedo de la galería Soles, Dante redacta: Presentamos a nuestros lectores otra creación de nuestra distinguida poetisa Moni Dubois, conocida por todos en nuestra comunidad como Moni, personaje cautivante por su creatividad, una figura que no pasa inadvertida en ningún evento cultural comunitario, tal como ocurrió con la audaz presentación descalza de su último poemario en la Fiesta del Alfajor. El poema que aquí transcribimos refiere pasión, la mejor palabra para definir el temperamento de la autora, «Fiebre de agosto»: «Cielo de invierno / no puedes enfriar / el deseo ardiente / quemando en mis venas /. Siento el palpitar de llamas, / lo siento en todo mi ser / anhelante de un abrazo amante /. Acá estoy, abierta en el bosque / y no me amedrentas, invierno». Está en eso Dante cuando entra Greco, el intendente: Decime, escriba, le pregunta, vas a dar cuenta del quilombo de la red cloacal. No me hagas quedar fulero que ya bastante tengo con el Concejo Deliberante en contra. Dante apaga el cigarrillo: Me vas a levantar la publicidad, pregunta. Y Greco: Claro que no, dónde encontraría otro candidato al Pulitzer. Y después: En qué andás. Dante vacila: En la poesía, un poema de Moni. Y cómo se titula, le pregunta Alejo: Y Dante: «Fiebre de agosto». La fiebre, dice Alejo. Esa siempre la tuvo.

14

Cada ser, un enigma, dijo Esterházy. Inspirado estaba esa noche, nos acordamos. Más bien lo dijo como si lo hubieran tenido encerrado, y la ginebra le abrió la puerta a esa noche. Y dijo: Nadie puede ver lo que guarda adentro suyo. No digo las tripas, los pulmones, el corazón. Tampoco los médicos pueden verlo: lo que indagan en los entresijos de bofe no se corresponde con lo que digo. Hablo de un adentro que no se ve. Ahora imagínense una familia, todos y cada uno ignorantes de su adentro. Me refiero a sus túneles y depósitos invisibles, vedados, que alojan intenciones que ni ellos conocen hasta que se manifiestan. Si el enigma es indescifrable en uno, imagínense en una familia. A cada disfunción de una de las piezas que cada ser contiene en su hondura pueden corresponderle sentimientos diferentes: la pasión, el deseo, la envidia, la voracidad, la rapiña, el crimen. Todos los impulsos animales que la iglesia incluye en un catálogo de pecados no son tales. La naturaleza no sabe ni del bien ni del mal. Se trata sencillamente de comportamientos ajenos a nuestra idea de deber o voluntad. Y cuantos más seres se juntan bajo un mismo techo, los enigmas no solo se reproducen sino que, envueltos en su propia excrecencia, terminan por fusionarse en un solo abominable enigma con un poder de daño que, irradiándose, como una peste, corroerá también a sus vecinos. Hablo de todo el planeta. Entonces, me pregunto, sigue Esterházy, quién soy yo, quién es mi mujer, por la que ustedes se calientan, y qué decir de mi prole, a la que ven pasar con una conjunción de lástima y desprecio. Desde afuera ustedes pueden observarnos, establecer las más variadas conjeturas, siempre fallidas porque nunca descifrarán nuestro enigma, como yo ni nadie y menos ustedes mismos tampoco podrán descifrar los propios. Así que no disimulemos nuestra ignorancia y nuestro rencor. No temamos en los otros lo que debemos temer antes en nosotros. Amén, terminó Esterházy. Y se rio de sí mismo, pero también de nosotros. Terminó el trago y volvió a poner el vaso sobre el mostrador esperando que Giménez, el patrón del boliche, le sirviera otro. Se lo sirvió. El húngaro esa misma noche nos dijo que era un auténtico *magyar*, que su saber fluía como un pescado en peligro de extinción en las aguas del Danubio. Y nos miró uno por uno y todos dispusimos la misma sonrisa, una fingida, de haber comprendido lo que dijo, y aquellos que creímos comprender su sermón quedamos desanimados, sin humor para volver a casa a ver si cometíamos un disparate. Hasta que un borracho se animó a repetir amén. De afuera vino el ladrido de un perro.

15

En marzo, cuando se fueron los últimos turistas, en el otoño, y empiezan a sentirse el aburrimiento y el frío, uno de los entretenimientos más populares y, a la vez, secretos, es el chisme. Lo que importa es lo que te cuentan y no quién te lo contó. Los Esterházy eran figuras ideales para el chismorreo. Hugo, que daba pasto a las fieras, sin exagerar, decía con fingida modestia que era un príncipe en el exilio. Que había librado el cuero del totalitarismo por milagro, había conseguido rajarse de los comunistas trayéndose los restos de la fortuna. Otro dato: su condición de artista maldito. Quienes pudieron ver sus obras dijeron que le debían no poco a Pollock, de modo que para el personal del Habsburgo, los santiagueños brutos, esos cuadros eran obra de un poseído por el maligno. Era temido cuando se le daba por hacerse el criollo, elegía una camisa blanca, se calzaba alpargatas y boina, se ajustaba la bombacha negra, un faconcito al cinto y encaraba hacia el boliche de Mariucha. Empedado era peligroso. Aunque si se hacía el guapo, le daban un sillazo por la espalda. Es que cuando las musas no acudían, le daba esa necesidad de descargar la ira, se justificaba. Quizás convenga aclarar que cuando se habla de sus obras, una fue a parar al despacho del intendente Greco. Mejor no indagar a cambio de qué Moni le entregó esa apreciada obra de arte, un horizonte en llamas. Una exención en los impuestos, seguro. Por otra parte, la misma pintura había bastado para que Esterházy, en su primer tiempo entre nosotros, se echara la fama de creador incomprendido. Además, a quien pudiera interesar, y siempre Hugo encontraba uno dispuesto, le mostraba un recorte de *La Nación* donde se lo veía posar junto a otros pintores delante de un cuadro no menos abstracto. Es decir, para inventarse una personalidad, además de cierto talento actoral, le hacía falta una mínima base de verdad. Y si una cualidad no se podía negar a Esterházy era, además de sus pinturas, la convicción en su tono. Quién le iba a discutir sus historias. A qué meterse en problemas con el loco.

16

Hay quien se acuerda de aquella mañana de primavera en que frenan el Buick ante los galpones de Arno y lo entrevistan. Después ella corre por las alamedas, se orienta hacia los médanos, los sube gritando de alegría: Hosanna, gritando en la luz de la mañana, un sol radiante, caliente, mientras se desprende la ropa, las prendas al viento y corre hacia las olas, se lanza contra la rompiente, vuelve a asomar y, atravesando las elevaciones de espuma, nada con estilo. Desde lo alto del médano, él sonríe, extrae una cigarrera y saca uno, lo prende y la observa, como en un gesto reflejo, mira a un costado y cree haber visto una silueta sigilosa, un tipo más bien bajo, pelado, camisa a cuadros que, al sentirse descubierto, baja el médano y se echa a correr como si se lo llevara el diablo. Después él fuma y se vuelve hacia ella, que viene del agua. Pensativo, mira su pubis, la suave pelambre, que le resulta flamígera. El origen del mundo, se dice. Si él no pasará desapercibido en la Villa, ella menos. Ella empieza a ir sola a la playa. El pelado de camisa a cuadros la espía. Ante ella no huye como lo hizo ante su hombre. Se queda quieto, rígido. Y si ella busca acercarse al médano, el otro retrocede, le da la espalda y se aleja hacia el bosque. Hasta que una mañana la vemos entrar al aserradero por unas maderas y se lo encuentra. El pelado, mirada huidiza, la elude. Creo que nos hemos visto antes, dice ella. El hombre no le responde. A qué te dedicás, le pregunta. Él titubea: Un poco de todo. Albañilería, pregunta ella. Sí, señora. Carpintería, pregunta ella. También, un poco de todo. Y ella repite: Un poco de todo. Ahora su mirada es penetrante: Y sos de confianza, le pregunta. Absoluta, señora. En el Habsburgo hace falta un hombre, dice ella. Y le pregunta: Cómo te llamás. Tobías, señora, contesta ruborizado, baja la vista: Pero todos me dicen Tobi.

17

En el atardecer invernal los acordes del preludio número cuatro de Chopin se repiten, arrancan y se detienen, se extienden por todo el hotel, empiezan una y otra vez, se prolongan por los corredores y los cuartos vacíos, la escalera, la planta alta y se retuercen hasta el mirador donde está Esterházy, sentado, inmóvil, con una botella de ginebra y una mirada perdida en la tela en blanco, mientras desde la planta alta bajan los acordes y sube la voz de Elsie, la joven profesora y promisoria concertista instruyendo a Lazlo en la ejecución de la partitura, pidiéndole una y otra vez que pruebe de nuevo, pero por más que Lazlo obedece, sus dedos distorsionan las notas, sus dedos son torpes, su pulso es duro y sus movimientos los de una marioneta, la levedad le resulta imposible, esa levedad que distingue a la profesora, la joven Elsie, la hija de Tomasewski, el ferretero, queriendo ser persuasiva con su dulzura, rogándole casi que debe sentir la melancolía del atardecer mientras la luz se va tornando difusa en la sala, y se oye el trino de un pájaro, pero para Lazlo un pájaro solo puede ser blanco de su rifle de aire comprimido, sus dedos se deslizan aporreando las teclas y esa rabia frustrada se expande hasta penetrar los mínimos intersticios del hotel ascendiendo hasta el mirador donde el padre piensa si el arte le estará tan irremediablemente negado como al mediocre de su hijo cuando lo distrae un alarido escalofriante de mujer, Esterházy se aparta de la contemplación de la tela y baja saltando escalones, entra en la sala del piano y ve a la joven agarrándose los dedos rotos de la mano derecha, arrasada por el dolor y el llanto, mientras Lazlo se ríe corcoveando en su asiento al levantar la tapa del teclado: los dedos rotos de la profesora que Esterházy abraza procurando aplacar su dolor y llanto, gira hacia el hijo que de pronto se ha callado y espera su castigo, el sopapo le da vuelta la cara, le vuela los lentes, lo voltea. Lo agarra de los pelos y lo arrastra hacia la pared blanca del patio trasero. Lazlo se arrodilla. Debe quedarse frente a la pared durante horas, hasta el día siguiente. En la sala, en la sombra de un rincón, Aniko tiembla y se tapa los ojos. El padre vuelve, la agarra de los pelos, y la lleva junto al hermano. También ella debe arrodillarse ante la pared blanca. Aniko obedece. Lazlo la mira de reojo. No lloran. El padre, con la botella de ginebra, sentado detrás, los vigila. Cuando dolorido y agotado Lazlo cae inconsciente, el padre lo despabila con un baldazo de agua fría. Lazlo vuelve a la misma posición. Susurra ininteligible. Pero no un rezo.

18

Una noche, lo vimos, después de cerrar el local Dante se mandó a Pocker, el bar frente a la plaza 9 de Julio, y reparó en Moni compartiendo una mesa con Barroso, el comisario. Ella se hizo la que no lo veía, pero lo vio. Barroso, en cambio, no ocultó su mirada. Levantó su vaso de whisky como gesto de saludo. Que Moni curtiera con Barroso era demasiado. Se prometió no volver a encamarse con ella. Pero cedió. Y acá está, reincidente esta tarde. Qué tenés con Barroso, le pregunta. Qué querés saber, le dice ella. Pregunto, dice Dante. Vos preguntás mucho, querido. Moni empezó a besuquearle el cuello, fue descendiendo. A Dante le intrigaba la telaraña de influencias que Moni había tejido en la Villa mediante los flirteos, los affaires, las aventuras quizás improbables que ella no negaba. Lejos de contradecirlas, por el contrario, le permitían atribuirse el rol de una Mata Hari de pueblo. Guardo secretos, le dijo a Dante una siesta. Sé más de todos de lo que todos se imaginan. Por qué te pensás que me persiguió la dictadura. Yo militaba. Hacía inteligencia. Era lo mío. Manejaba un mimeógrafo en La Tablada. Cuando nos cayó la patota, escapé por una claraboya, corrí por el techo, salté a una casa vecina. Dante la corta: La vez pasada me dijiste que bailabas en el Colón. Y es verdad, dice Moni. Que militara no quiere decir que no pudiera bailar. Me costaba elegir. Dante la interrumpe otra vez: Y el circo, le pregunta. No era que también fuiste trapecista. Moni se hace la ofendida. Basta, querido. No voy a hablar con la boca llena. Dante la deja hacer.

19

Quien sabe bien la historia de cuando esos dos arribaron a la Villa antes de ser familia es Don Méndez, mano derecha de Arno en el mantenimiento del taller donde se guardaban el tractor, la topadora, el jeep, el Buick blanco y todas las herramientas. Después de pactar la compra de la vasta parcela con los restos de la construcción, en vez de aceptar el préstamo de una cabaña, se alojaron en el Isolda, un hotelito pionero de cuatro o cinco cuartos a unas pocas cuadras del mar. Durmieron en cuchetas entre sábanas ásperas, se abrigaron con frazadas marrones y entibiaron en invierno la pieza con una estufa de kerosene que destilaba un tufo que los obligaba a dejar la ventana entreabierta. Por las noches se oía el mar. Daba la impresión, cuando las sudestadas, que la tormenta estaba adentro. Y en cierta forma, había una tormenta, una de otra magnitud, agazapada entre ellos. Por más que encajaran combinando su elegancia snob en nuestra pequeña colectividad donde se andaba en zapatillas o botas deformes, overoles, ropa gastada por la faena de todos los días, se notaba que entre esos dos, además de una alcurnia perdida, había una tirantez. Los chispazos se cruzaban, nunca delante del prójimo, siempre a solas, en la intimidad. Pero Don Méndez supo oírlos al pasar. No entendió lo que decían, hablaban otra lengua, una áspera. Había una controversia entre ambos y se advertía en sus modos, diferencia que empezó a acentuarse en las conversaciones que mantenían con Castiglione, el constructor, cuando les mostraba los planos del hotel futuro, discutían sobre las grandes hojas con los diseños de Esterházy que modificaba encuentro tras encuentro hasta que llegaban a un acuerdo reñido y Castiglione enrollaba los planos y se marchaba hasta dentro de unos días puteando anticipado la próxima reunión donde, seguro, Esterházy le propondría más reformas. Deben haberse alojado unos cuantos meses en el Isolda. Y, a esa altura, ya se habían convertido en los exóticos que serían al caminar por el bosque con su elegancia maltrecha hasta la playa, los médanos, y entonces ella se desnudaba, aun en invierno, y corría hacia el oleaje mientras él fumaba impasible. Tal vez él esperaba que un tiburón merodeara la costa. Pero no le convenía que pasara. La necesitaba, tanto como ella a él. Qué podía unirlos a esos dos, se preguntaba Don Méndez. La ambición de los perdedores, sin duda. Porque no parecían ser la idealización de una existencia a lo Thoreau. Costaba imaginarlos acoplándose con ternura y sí, como debía ocurrir en verdad, un desquite de furia animal, a tarascones. Él gruñía y ella aullaba, contó Don Méndez que había rondado el Isolda una noche de verano. También Don Méndez contaría que, más tarde, algunas noches, al andar cerca del hotel, se oían unas voces no humanas. Pero vaya uno a creer.

20

Desde el principio supimos que la unión entre esos dos no era la recomendable para armar una familia como todos los que venían a la Villa con el propósito de afincarse y criar a sus hijos, aunque de esos la mayoría fracasaba en los inviernos eternos de la costa atlántica. Que este era el lugar ideal para una crianza sana había sido el mito que había promocionado Don Karl, el fundador, chicos rubios, juventud sana, ahí están las fotos de esos arios pichones en los médanos, recortados contra el sol, pestañeando enceguecidos por su resplandor. Según Arno, una vez que se le había subido la cerveza, nos dijo que la mujer está más caliente cuando está preñada. Pero Moni perdió el embarazo. Los otros vinieron después. Dos veces apostó. Pensamos más tarde que de haber tenido otra infancia, otros padres y una atención amorosa, sus almas se habrían encaminado hacia una existencia menos turbia. Decir que ella hizo lo que pudo sería una buena excusa si se tiene en cuenta la presencia ominosa del hombre paseándose por el hotel vacío, sus pasos taconeando en el silencio que nadie osaba alterar. Pero eran frecuentes las veces en que el hombre echaba a caminar hacia el cementerio, se paseaba entre lápidas y cruces, elegía la sombra de un sauce y se sentaba sumido en sus pensamientos mientras contemplaba con la mirada perdida el campo, una caballada pastando, el horizonte, el desplazamiento de las nubes. En tanto, ella les cantaba lieder a los chicos, les enseñaba a bailar el vals y les inventaba variaciones de los hermanos Grimm, y en esas variaciones exprimía un humor negro que divertía a los chicos. El terror, decía, fomenta el desarrollo de la inteligencia. En los cuentos siempre había una encarnación del mal, que no respetaba la indefensión de la niñez y su inocencia. Ella contaba en voz baja, para acompañar el suspenso, y exclamaba cuando venían las partes de asombro. Su voz modulando la alternancia de emociones y la voz del ogro se escuchaba desde el exterior mientras Tobi dejaba de hachar leña y se detenía a escuchar con una cara de felicidad boba como si ella hablara de amor.

21

Difícil que pasara inadvertida esa mañana en que ella vino al centro, estacionó el Citroën y acaparó las miradas de quienes entraban y salían y venían del Provincia, los que hacían cola en la municipalidad, iban a la tienda de Jaramillo o al negocio de repuestos de Cabrera. En la puerta de la ferretería de Tomasewski estaba Elsie, nuestra joven y frustrada concertista con la mano enyesada, que la siguió con el odio en los ojos inyectados. Moni caminaba altiva, con garbo. Con los labios rojos, un vestido verde, floreado, y una soltura que permitía reparar en que no llevaba sostén. Traía una carterita azul. Esa media mañana en que el pueblo estaba en plena actividad y el centro era el momento de trámites y compras, el calor era agobiante para ser octubre pero, es sabido, en la naturaleza las estaciones se adelantan. Ella caminaba como desfilando, con una sonrisa que destilaba una seducción indiferente, consciente de qué efecto provocaba. Entre los vagos alguno se preguntó si también sería pelirroja ahí abajo. Uno se animó a un silbido de admiración que ella ignoró. Al pasar por el almacén oyó tres mujeres que cotorreaban al verla acercarse. Una dijo que era hebrea la muy puta, no judía, no zaina, no rusa, y escupió a un costado. Ella se detuvo, se volvió hacia las tres. La del comentario la miró desafiante. Y ella, inmutable, se detuvo y la tumbó de un puñetazo. Algo más, preguntó. Después siguió su camino y entró en La Generosa Fortuna, la casa de cambio del prestamista Goldstein. Todos los mirones permanecieron en suspenso, pendientes de su salida. Cuando salió se hicieron los disimulados. Pensaron que iba a cruzar la plaza y seguiría hasta el Citroën y perderse hacia el bosque, el gran hotel vacío en esta época. Pero no. Siguió de largo hasta la iglesia de Nuestra Señora del Mar y entró persignándose. Nos dijimos que, teniendo en cuenta que el hotel venía acumulando deudas, había ido al usurero por plata. Y nos preguntamos también cómo habría logrado sacarle plata al usurero. Las respuestas fueron procaces. Después, por Guzmendi, el sacristán, nos enteramos de cuál fue el empleo que le había dado a la plata que le había sacado a Goldstein: el precio del padre Miguel para bautizar a sus críos.

22

Una mañana de junio los chicos salieron a repartir volantes: Academia Esterházy de Bellas Artes. Una docena de alumnos, en su mayoría chicos, no representaban un ingreso como para pagar las deudas. Moni tuvo una idea. El cartel ahora presentaba en su parte superior, en letras más grandes: Modelo en vivo. Las madres retiraron escandalizadas a sus hijos. Pero creció un nuevo alumnado que pronto superó en edad al anterior. A quién podían caberle dudas de quién era la modelo. En la sala se apartó el piano a un rincón y fue reemplazado por unas mesas del bar que oficiarían de tableros. Fue evidente el interés en las clases, la atracción babosa que inspiraba la modelo. En un rincón, Aniko mostraba una habilidad en el dibujo que la congraciaba con su padre. En sus dibujos se notaba la admiración por su madre y también que, cuando creciera, quería ser como ella. Con su talento la chica se había convertido en ese tiempo en la luz de sus ojos. Durante las clases, para inspirar al alumnado, Lazlo desgranaba los preludios y aunque se esmeraba a nadie le importaba demasiado que desafinara ni tampoco que le hubiera roto los dedos de la mano derecha a Elsie. Se trataba de la educación en el arte. En la sala se respiraba una atmósfera de tabaco y deseo, más deseo que otra cosa, generado por las poses de la modelo, impúdicas y cambiantes en cada clase. El estímulo que provocaba Moni no pasaba en absoluto desapercibido. Esterházy, acostumbrado a las reacciones que producía su mujer, ni le prestaba atención. Solo contaba impartirle lecciones a ese grupo de onanistas cada vez más numeroso. Siempre distante, el maestro, como lo llamaban, se paseaba entre sus alumnos corrigiendo la torpeza de sus trazos. El estímulo que inspiraba la modelo no podía no afectar a sus hijos, pero esta cuestión no le interesaba a su marido, más preocupado por el cobro de las clases. Moni sonreía halagada por la fascinación que concentraba, el protagonismo era lo suyo. En tanto, Esterházy disertaba sobre anatomía, perspectiva, luz y sombra. Un palurdo le preguntó al maestro si lo de sombra significaba que iban a dibujar a oscuras. Esa noche Esterházy resolvió suspender las clases y cerró la Academia a pesar del ruego de sus alumnos. A Moni le apenó la decisión. No podía disimular que le gustaba derretir a esa banda de mirones que cuando copularan con sus mujeres apretarían los párpados y pensarían en ella. Después de todo, reflexionaba, hacía un bien a la comunidad fomentando su reproducción.

23

Quién es esta mujer ante el espejo. En algunos años se le caerán los dientes y las tetas, y tendrá canosa la concha. Qué hizo en el mundo además de mentirse para sobrevivir. La belleza dura poco, dura nada. Es más fugaz que la vida misma. El tiempo, mordiente, en silencio, corroe como la humedad del bosque y el salitre carcomen imperceptibles hasta que una mañana descubrís una rajadura, la madera vencida, los roedores de invisible y tenaz acción metódica te corroyeron el alma mientras el mundo sigue andando, un reloj que ignora el trabajo destructivo, minucioso, del deterioro: no le importa el dolor. Quisiera no advertirlo ahora, pero aunque no sea visible, ella lo siente. La velocidad de un pasaje callado, sin freno, hacia el horror, es imperturbable. En tanto, en la oscuridad de esta noche y todas las noches mientras estoy acostada, él, con su aliento a ginebra, en una silla al pie de la cama acecha inmóvil mi desnudez a la luz de la luna, y yo haciéndome la dormida. Una sombra flaca, inmutable, no habla, no habla, no habla, no porque no tenga qué decir, sino porque eso que siente y le pasa en su corazón no encuentra palabras, ese salvajismo animal que reprime, y cuando se canse de esa impasibilidad forzada se arrancará la ropa y saltará hacia mí con la erección que estuvo esperando con furia, esa furia que es una forma del amor que, si lo admitiera, sería admitir la misma frustración ante la tela en blanco. Se ha nublado, las nubes ocultan la luna, el viento sacude el ramaje de los pinos. Se viene la tormenta. La sangre fluye, la conciencia sangra.

24

Extraños, los chicos Esterházy, nos acordamos los vecinos. Andaban siempre juntos pero separados. Nunca de la mano. Lazlo adelante, mirando a los costados, alerta, como si un peligro lo acechara. Aniko rezagada, mirando sus propios pasos, tarareando alguna de las melodías que le escuchaba tocar a su hermano. Si alguien los saludaba, los dos cabeceaban. Les gustaba ir al corazón del bosque, se tiraban boca arriba en la pinocha y se agarraban de la mano y miraban el cielo. Ratos largos se pasaban viendo las nubes. A Moni le gustaba decir que aunque fueran soñadores eran aplicados en la escuela. Y que el padre no les perdonaba que bajaran las buenas notas que tenían. Y esa severidad suya se traducía en penitencias como esa vez que los obligó a arrodillarse ante una pared blanca y permanecer inmóviles en esa posición durante horas. Lazlo se mordía los labios. Una mosca empezó a revolotearlo. Lazlo no la aguantó y la estampó contra la pared. Al volver el padre, vio la mancha en la pared y supo que se habían movido. Ahora debía quedarse arrodillado frente a la pared una hora más. Y después quitar la mancha con la lengua. Si la huella de la mosca no se borraba y la pared no quedaba impecable, continuarían en penitencia.

25

En el amanecer, desde un médano, los dos hermanos miran las casas blancas diminutas, sus techos de tejas rojas, con vista al mar, las construcciones pioneras, y también el muelle borroso a esta hora, en el nacimiento del día, nadie a la vista. El cielo empieza a clarear, lo observan esperando que del resplandor que ilumina el horizonte, el confín del océano, empiece a surgir el sol, una cegadora bola de fuego. Este amanecer será único en sus memorias respectivas asegurando un estado de plenitud que quizás no vuelva a repetirse, un amanecer en el que creen percibir señales de un tiempo por venir en el que se cumplirán sus sueños, cuando seamos grandes piensan, y el mañana parece venir de ese sol que va adquiriendo forma como lo que esperan ser. Él, reproduciendo el estilo de su padre, asegurándole fama, una fama que le deparará también la entrega de mujeres y por qué no, entre ellas, destacándose, una mujer tan insinuante, la modelo que suele atisbar de reojo girando apenas la cabeza sin que su padre, paseándose entre los alumnos encandilados por el desnudo, pueda advertirlo. Ella también mira fijo el sol ahora más alto, enceguecíéndola, como si esta mañana que nace fuera ya mañana, una mujer como su madre, la más linda, majestuosa, la que al caminar por el pueblo enciende el deseo y aunque no sabe todavía el nombre del deseo, lo que el deseo significa, se ve a sí misma como la madre desnuda y ella desde su rincón, porque está acostumbrada a verlo todo siempre desde un rincón, en una penumbra que favorece la observación sigilosa, pasando desapercibida al recorrer con ojos brillantes en la oscuridad los contornos de su madre que anhela heredar mientras el hermano le posa un brazo en el hombro, el cuello, el otro hombro, abrazándola y están más cerca que nunca, nunca tan cerca, nunca tanto, y sus labios, tímidos, se encuentran en un beso.

26

En noviembre el hotel despierta del letargo de los meses de frío. Vienen los santiagueños, se abren las puertas y ventanas, se oye cuarteto, los pasillos respiran, la humedad cede al sol que inunda las habitaciones, la sala, la cocina. Los santiagueños, una familia evangelista numerosa, padres, hijos, hermanos, sobrinos, y hasta unos nietos. Se confunden los nombres. Caminan con plumeros, cepillos, trapos, baldes, escobillones.

De la cocina emerge el olor a frito. Cuando Esterházy los ve, son tantos, que piensa en un Brueghel. Moni se encarga de la administración, la contabilidad, el manejo del personal y el registro de huéspedes, ella está en todo. Se ha recogido el pelo, lleva una camisa de campo, unos vaqueros gastados y alpargatas. Da órdenes, distribuye y manda sin levantar la voz. Y nadie osa contradecirla. Recorre el hotel inspeccionando si hay sábanas limpias, si los pisos de linóleo brillan, si las cortinas transparentan la luz, si la cocina está a la altura del gusto centroeuropeo, si el piano ha sido afinado y las arañas de vidrio que penden del techo de la sala y el comedor iluminan otorgándoles un aire distinguido a las mesas cubiertas por manteles y servilletas blancas con una E bordada, caligrafía diseñada de acuerdo al sello de la casa Esterházy, la nobleza húngara, y si alguien le pregunta al respecto, está dispuesta a desarrollarle la historia del país y la procedencia del conde. Previsible, a los santiagueños ni se les ocurre preguntar: no es su historia. La indiada, como los llama a todos, no tiene historia. Además, por más que se muestren sumisos no conviene confiar en ellos. Hay que ver hasta dónde no están siempre agazapados para hacerse de un cubierto de plata, una copa de cristal biselado. Esterházy, botas de montar lustradísimas, camina taconeando, una fusta en mano. Pero las riendas las lleva ella. Lazlo es conserje, botones y cadete, educado y servicial, se destaca por su disposición obsecuente apenas arriban los huéspedes. Y si algún indio se cruza en su camino, emite una maldición tajante en un alemán defectuoso, lo que halaga a los pasajeros. Aniko secunda a su madre con otros requerimientos, la correspondencia, los trámites, y lleva el control de las provisiones y los artículos de limpieza. Para ella la indiada merece piedad y, en consecuencia, los trata de usted y todo lo pide por favor y, por tanto, es la más querida por esos marrones que te pegan un buen susto si te los cruzás en la noche. La indiada parece haber estado siempre acá. Tobi, jardinero siempre activo, ocupa su choza apartada a unos cien metros del hotel, protegido por una ligustrina tupida. Mientras se encarga del cuidado de las plantas, las flores y el riego, a veces se da vuelta hacia el hotel. Le revienta que la indiada pueda espiar a la patrona desnuda. Y seguro que sí, apenas se distraiga, alguno la va a espiar. Pero si él llega a sorprenderlo, no le quedará un hueso sano. Esa indiada, tan despreciable como necesaria, piensa.

27

Los huéspedes, rubios en su mayoría. Como también rubios los vecinos del hotel, aunque Arno acepta zainos si no lo parecen. Los otros, en la Villa que va extendiéndose hacia el sur, dos o tres casas por manzana, inmigrantes vulgares y peones del interior, mano de obra, tienen su zona en el sur, lejos del mar, en el Barrio Obrero, mientras que el norte está reservado para los que un sociólogo definiría como clase media acomodada. Los hippies crecieron y se aburguesaron, son profesionales. Esta noche, la última de diciembre, en las mesas, en el banquete, se prodigan carnes vacunas, porcinas, pescados, fiambres, una abundancia de leverbusch, ensaladas de lo más variadas y abundante vino, cerveza y champagne. Y en el momento en que la radio anuncia el final de un año y el comienzo de otro se alzan los aplausos, los gritos alegres y las copas desbordantes mientras los invitados entonan el himno compuesto por Joseph Haydn: *Deutschland über Alles*. Los indios vestidos de mozos, con chaquetas blancas, se desplazan con bandejas cargadas con más botellas y copas. Moni, vestida de blanco, que resalta su bronceado, luce uno de sus habituales escotes y cosecha la aprobación masculina, observa y sonríe a unos y otros con distancia. A quienes la halagan, los trata con cortesía. Con distinción trata de mantenerse distante de la euforia general y con cada mano en el hombro de sus hijos, Lazlo con moño como su padre, saco oscuro, pantalón blanco y zapatos negros, y Aniko con un vestido rosa y una cadenita plateada. Hay la caída de un disco en un combinado y, a todo volumen, el vals *El emperador*. Esterházy toma a Moni de la mano y la saca a bailar. A pesar del alcohol, Esterházy mantiene la destreza. Los dos levitan. Las parejas poseídas por la emoción adoptan una solemnidad ceremonial lanzándose también al baile. Ni Lazlo ni Aniko olvidarán estos festejos. Separándolos de los grandes, Moni les dice: Ahora a dormir. Es tarde. Lazlo y Aniko, obedientes, suben las escaleras alfombradas para la ocasión y se van a la cama, están despiertos en la penumbra, escuchan insomnes las voces y la música que viene de abajo hasta que en el amanecer Moni sube al cuarto, se desliza hacia sus camas, los besa, y entonces, cuando el silencio ganó el hotel, oyen el despertar del bosque, los primeros pájaros de la mañana.

28

Si no la chinga mi memoria astillada, de hombre, de toro y de león, tres cabezas tenía Cronos, nos dice Dante. Pero ese dios del tiempo me abandonó hace mucho. De la conciencia de la memoria, hablo. Porque con los años las fechas se confunden, se superponen, una estampa de ayer remoto se perfila sucedida acá mismo hace un rato. Y la anécdota de hace nada se disuelve enseguida. Cronos tiende zancadillas. En el tiempo que llevo en el periodismo, y más en este pasquín vecinal, las noticias ya son antiguas cuando las publico y lo que se recuerda es una fábula de polvo. No obstante, en lo que a mí respecta, también es cierto que procuro olvidar, especialmente las defecciones, las humillaciones, las derrotas personales. Pero no siempre lo consigo. En cuanto a lo que pasaba en el hotel, quien debe guardar memoria de entonces debe ser Tobi, que anda todavía en los jardines.

29

Dante se sube las solapas del impermeable. Es un ridículo espía de película. Entra al hotel por la tranquera de atrás. Moni lo llamó antes avisándole que Esterházy estaba en Mar del Plata, en el casino. Merqueado, le dijo. Y Dante le contestó: Seguramente. Qué querés que haga, le preguntó ella. Quiero que hablemos. De qué, le preguntó él. De poesía, Moni puso su voz incitante: Quiero mostrarte. Y más insinuante: Entrá por atrás. Dante se preguntó si no había doble sentido en esa indicación. Y acá está en la tarde de otoño, empujando la tranquera, sigiloso, con precaución de no pisar una rama seca. Oye el sonido violento de una tijera de podar. Se detiene, mira alrededor. Tobi, entre tacuaras y maleza, se asoma malicioso. A Dante le resulta un peligro, uno al que un día le saltará un fusible y se salpicará con sangre de alguien. Dante ya no puede retroceder. Y lo saluda.

Buenas, dice. Y el otro: Buenas. Los tijeretazos se vuelven más fuertes. Dante sube la escalera de madera que lleva a una puerta que comunica con el corredor de las habitaciones. No le causa gracia que el jardinero lo vea. Se lo dice a Moni. Calmate, le dice ella, Tobi es ciego, sordo y mudo. Querés escuchar mis poemas, le guiña un ojo y deja caer un bretel del baby doll. Después, en el después, acostados, Dante prende un cigarrillo. Moni tiene el cuaderno abierto sobre el pubis. No me decís qué opinás. Un gran polvo, Moni. Te hablo en serio, nene. Deberías probar con la prosa, dice él. Inquisitiva, después de meditar, le pregunta: Y sobre qué escribiría. Yo soy más del verso. Me doy cuenta, dice él. De qué pensás que podría escribir. De lo que sabés: de coger, le dice Dante. Moni lo piensa. Y le responde: Por qué no. Dante apaga el cigarrillo: Me tengo que ir. Me diste una gran idea, dice ella. Tobi sigue ahí abajo, podando. Dante empuja la tranquera. Y Tobi, sin dejar la tijera, lo observa. Empiezan a caer las primeras gotas.

30

Barroso, haciéndose el guapo, pisa fuerte, defiende la ley, beneficio de las fuerzas vivas. Podría decirse que entre las fuerzas vivas también cuenta el padre Miguel, un auténtico santo para las que van a enjuagar sus conciencias con una vulgaridad previsible. Para sus maridos, en cambio, el sotanudo es bondadoso cuando una donación a la parroquia lo es. Miren cómo, después de misa, salen limpios de la iglesia los directores del Nación, el Provincia. El intendente Greco tampoco se pierde una. Es decir, un hombre de bien. Sus asuntos son más que discretos, íntimos. Por ser padre de familia le parece inapropiado que en el pueblo se rumoree que se la tira a la Colorada. Últimamente todos lo comentan. Así que una mañana la manda a llamar. Moni entra en la municipalidad segura de su encanto, atraviesa la zona de escritorios como si cruzara una pasarela, está por encima de todos, los empleados se miran cómplices, se sonríen. Moni sube las escaleras que dan al corredor de la secretaría y entra resuelta al despacho de Greco, se acomoda en el sillón, se cruza de piernas. Greco pasea una mirada por la colección profusa de premios, diplomas y banderines que decoran una pared, se detiene ante el retrato de la esposa, sus dos hijos, un varón y una nena, captados en kodak color. Moni suspira. Greco se vuelve y le clava los ojos en los ojos. Moni no se la esperaba: teme esa mirada. Greco, hierático, le dice: Si seguís abriendo la boca para otra cosa que no sea chupar las pijas del prójimo y vas por ahí jactándote de que tambíén chupás la mía, le voy a meter un tiro al sarna de tu marido, les voy a hacer el culo a tus hijos y finalmente voy a ver quemar tu

65

maldito hotel con vos adentro. Después, con una sonrisa: Ahora abrime la bragueta.

31

La poesía le parece un acto reflejo pero tiene sus bemoles atrapar el instante bello, siempre fugaz. Si una no se encuentra en el estado propicio es inútil esforzarse, piensa ella. Las palabras deben caer como los dados en una generala servida, obra del azar, espontáneas y mágicas. También, es cierto, una debe llevar siempre encima papel y una birome. No se sabe cuándo pueden acudir las musas. Y no siempre, por más que una esté en el modo, tiene la oportunidad de interrumpir lo que está haciendo para dedicarse a traducir la belleza. En cambio, con la prosa, es distinto: si bien exige una disciplina, se trata de constancia, enfrentar todos los días la hoja en blanco. Y más tarde consagrarse a la corrección, la elección de las palabras, adecuarlas al clima y la acción, retorcerles el cuello si es preciso, encontrarle un ritmo al relato, y proyectar lo que se siente. Si no la sentís vos, no pretendás que quien lee la sienta. La experiencia, es cierto, importa, y aunque ella la tiene de sobra, no basta. Hay que darle forma a transmitir lo que una ha vivido. Tampoco puede olvidar que por más realista que sea su narrativa no puede dejar de lado la fantasía, que precisa también de un rigor, hay que domarla. Ha decidido escribir todos los días, por la tarde, cuando el hotel está en silencio y solo se oye el rumor del bosque. Hace ya una semana que entorna apenas la puerta para oír si los chicos en la planta baja tienen algún problema, se desnuda, se pone un kimono, lo deja entreabierto y se sienta a escribir. Enseguida entra en calor. Desnuda, las palabras, las frases, le fluyen con naturalidad, la excitan y hay veces en que una sensación es tan fuerte que debe acariciarse. Esto me pasa porque escribo el deseo, piensa. No le importa que Tobi pueda espiarla. Ser mirada le otorga otro efecto al relato, cree estar siendo leída: la respiración entrecortada del jardinero es una prueba. Así van a jadear sus lectores, piensa. Le calienta calentar. Un gato negro maúlla en la ventana, empuja la puerta y se introduce sinuoso en el ambiente. Ella lo interpreta como un buen augurio. En su historia habrá más de un maullido femenino, piensa. En tanto Tobi la entrevé con el corazón tumultuoso. Ella quiere acordarse cómo se llamaba el amante de Lady Chatterley. Le encanta imaginar que su novela será escandalosa. En la quietud, se oye el sonido de la lapicera deslizándose nerviosa, el estrujar una hoja y tirarla cuando el texto no la conforma, y, otra vez, tesonera, otra hoja en blanco, recomenzar la escena fallida con el ajuste pertinente mientras los chicos están abajo jugando al ajedrez. Están ensimismados en el tablero, las piezas de marfil labradas. Aniko mueve un alfil. Lazlo se lo come. Avanza un caballo. Mate, dice. Con una irónica expresión malévola, lo dice. Y le pega un cachetazo a su hermana. Así es la regla que ha fijado Lazlo: quien gana le pega un sopapo a quien pierde. Casi siempre es el verdugo. Lazlo le pregunta: Otra. Otra, dice Aniko. Con los ojos mojados, ella no se toca el dolor, quiere probarse: su obstinación a la larga significará una victoria. Se muerde un labio. Fuerte.

32

Cuando el viento viene del sur, las olas ganan altura, garras inmensas, las crestas espumosas, cada vez más seguidas y violentas, y el oleaje furioso avanza, alcanza los médanos, el huracán sacude el bosque, los árboles se tuercen a un lado y otro, caen ramas, vuelan las tejas, conviene cerrar los postigos, quedarse adentro, no angustiarse, tener paciencia, no queda otra, esperar, no queda otra, pero en el hotel son muchas las ventanas por cerrar, la madre y los hijos corren revisando los cuartos, los golpes, un estallido de vidrios, se corta la luz, pero el padre continúa imperturbable ante la tela, ajeno a los truenos que hacen temblar la tierra, hasta que un estruendo aterrador hace temblar desde los cimientos el hotel entero, es el temblor de la catástrofe, dura una eternidad, se corta la electricidad, noche cerrada, los gritos de la madre desgarran, llama despavorida a los hijos y los hijos llaman a la madre, el eucalipto añoso ha caído, parte el techo con un estruendo, y en su derribo destroza las vigas, el agua es una cascada que se derrama a través del espacio abierto por el tronco, los escombros cierran el paso porque el árbol se hundió hasta la planta baja y la madre y los hijos quedan aislados a cada lado del tronco cuando ven al padre entre relámpagos, frenético, con un revólver, salta entre los destrozos, logra trasponer el hall de entrada, salir y entrar en la tormenta, chorreando, calado, rabioso, levanta el arma, gatilla, dispara contra el cielo.

33

En la ruina, con las deudas, los impuestos y los servicios pendientes, la propiedad hipotecada, el matrimonio discutía cómo reparar el hotel partido por la mitad. Por suerte, se consolaba Moni, había caído en el sector donde había habitaciones en vez de en la parte de adelante, donde se ubicaba la entrada suntuosa aun en su abandono. Pero el consuelo era limitado. Las visitas en busca de ayuda le habían requerido demasiado tiempo y habían bloqueado la inspiración de su escritura. Estaba acostumbrada al infortunio, pero también a sortearlo y emerger. Esterházy ensombrecido, más que de costumbre, culpaba al cielo. Nunca había sido creyente, y ahora la situación venía a probarle la ausencia de dios. Toda su esperanza se cifraba en la tela blanca. Necesitaba poner más fuerza que talento, porque talento le sobraba. Más que talento, lo suyo era genio, se corregía. Y no había genio en la historia del arte que no hubiera tenido que atravesar calamidades que le impidieran un reconocimiento, así fuera tardío. Por suerte, el tremendo eucalipto no había aplastado el mirador, su espacio de creación en la altura permanecía intacto. Los chicos, por su parte, después de la tragedia, se entretenían en treparse al tronco y caminarlo haciendo equilibrio. Lazlo se tentaba con la idea de empujar a Aniko, pero no se animaba porque sus padres no estaban con humor si ella se ponía a llorar porque ellos mismos no encontraban consuelo. Moni, animándose a tentar la suerte, confió una vez en sus virtudes escénicas, y decidida, asumiendo una elegancia improvisada con su ropa que olía a humedad, se decidió cortarla con el abatimiento. Le costó borrarle ese olor a la ropa y la roció con una colonia barata. Despeinada, el pelo rojo revuelto, con el escote desgarrado de una camisola blanca casi amarillenta, un tapado negro pasado de moda y en alpargatas salió a visitar las fuerzas vivas. Estaba otra vez en uno de los extraordinarios momentos de su biografía imaginaria, la heroína corajuda capaz de una entrega desesperada con tal de obtener lo que quería, la madre víctima, el rostro desgarrado por la tragedia, dispuesta a conmover a quien fuera, aun a los seres más egoístas, y contagiarles su pérdida sonsacándoles la piedad necesaria para contribuir a su auxilio. Un mes después vimos cómo leñadores, albañiles y peones de la municipalidad se dedicaban a la restauración. Y quienes pasábamos por el hotel nos deteníamos a mirar el trabajo de reconstrucción. Nadie pensaba, convinimos, que la iniciativa de recuperación de la catástrofe se debía al marido que se reiteraba en los boliches parlando las desventuras de grandes artistas de todos los tiempos. La inspiración acudiría y, gracias a ella, iba a plantar una obra que le valdría, además de prestigio, la fortuna extraviada. Pero nosotros sabíamos que era Moni la gestora de la reconstrucción. Y quienes, ya fuera porque se dejaron ganar por la seducción o se dejaron llevar por la piedad, unos y otros, se jactaban de una generosidad magnánima que obviamente no fue tanta, y quien más quien menos todos obtuvieron algún beneficio secundario que confesarían al padre Miguel. En el fondo eran buenos cristianos.

34

Vos les das la lana y ellas te tejen el pulóver, le ha dicho resignada una de las madres de la cooperadora. Si algunas habían empezado a tratarla con alguna diplomacia se debió sin duda al eucalipto. En una de esas tendré que agradecerle al cielo, pensaba Moni. En general antes las madres no pasaban de un saludo tan amable como hipócrita. Ahora la trataban con cierta simpatía. Las muy conchudas y el recelo a que les coja el marido, piensa Moni. Les cuesta admitir que soy la que ellas no se atreven a ser, que puedo lo que quiero por más que ahora esté en el barranco. Y si bien sospechan cómo conseguí la ayuda que conseguí, empiezan a considerarme una trola infeliz con un marido bueno para nada, dos hijos que son raros y difíciles aunque obtengan las mejores calificaciones, es decir, chicos con talento pero oscuros. La que le había dicho el refrán de la lana y el pulóver parecía ser la más interesante de todas las madres. Era mona pero también una abandonada. Si se arreglara las mechas, se blanqueara los dientes y no vistiera dejada como una hippie quizás podría cambiar de imagen. En verdad, era una hippie. Yo soy Dulce, se le presentó, y el nombre le pareció apropiado. Querés hacerte amiga, le propuso Dulce, así, directa se lo propuso. Todo bien. Moni le sonrió. Tal vez era mayor de los veinti que daba. A Eric lo tuve muy joven, a los quince. Y le pusimos Eric por Clapton, el padre es fan. Con Johnny hacíamos un dúo, yo era como Karen Dalton. Eric también es un chico incomprendido como el tuyo. Vivimos en el pinar de la entrada del pueblo, pasando la rotonda. Por qué no nos juntamos a tomar unos mates. No me gusta el mate, le dijo Moni, y se arrepintió. No quería ofenderla. Pero habría preferido unos gin tonic. No lo dijo. Mejor unas cervezas, dijo. Y Dulce: Dale, en Woodstock tenemos también flor. Era obvio el nombre de la casa, una cabaña descascarada. Y se hicieron amigas. Dulce no daba vueltas, era naive en su sinceridad, tenía una manera de hablar tranquila, como dándole a entender a la otra que entre ellas cabía la posibilidad de una intimidad, aunque Moni, al principio, vacilaba. Dulce prendió la salamandra. Y Moni aceptó un porro. Y al rato las dos estaban recostadas entre almohadones, contándose. No era original el pasado de Dulce. Se había enfrentado con sus padres, se hizo artesana, todavía lo era y de eso vivían. Johnny no gana un peso con la viola. Aquí, un violero a lo Clapton, imaginate. Un artista incomprendido como el tuyo. Moni se las ingenió y aprovechó el cuelgue para no hablar de sí. Un incomprendido, dijo Moni. Estaban tan juntas, agarrándose las manos.

35

Las madres de la escuela no paran de hablar de la repulsa de los tres chicos que andan siempre juntos y, cuando ellas se reúnen en la puerta a esperar la salida de los hijos, formando grupos, miran de reojo a Moni y Dulce y sus crías que caminan con la cabeza baja. Otras, yéndola de comprensivas, piensan que las dos amigas son demasiado liberales y deberían prestarles más atención a sus hijos. La prédica del padre Miguel en la misa del domingo pasado trató de eso, de quién está limpio de culpas como para arrojar la primera piedra. De eso trató su último sermón. Y no parece haber servido de nada. Las madres las saludan con falsedad. Nos temen, dice Dulce. A los chicos Esterházy parece haberlos estimulado la entrada de Eric en su mundo. Y Eric se ha unido a ellos como un hermano más. Ahora son tres. Así nace el Club de la Piel de Judas, cuyo propósito es mantener el pueblo alerta. Aniko se rezaga, no está del todo convencida con el club y sus intenciones. Pero no se anima a oponerse. La determinación de su hermano la asusta. Suya es la idea de quemarse en el antebrazo un pequeño sol negro como escudo de pertenencia. Los tres fundadores acordaron que el tres era un número promisorio para la gran primera acción. No serían perros de cualquier raza: rottweiler, dóberman, pitbull, dogo. Al día siguiente, quienes tenían uno lo encontraron agonizante o muerto en el césped, la lengua afuera, envenenado. No fueron pocos. Que había sido el ataque de un demente, se dijo. Y los dueños se agolparon en la puerta de la comisaría. El comisario Barroso les garantizó que iba a disponer una investigación, que sus hombres a partir de ese momento estarían abocados a la caza del o los culpables, que eso no iba a quedar así. Aplicaría mano dura, rugió. Días después sucedió la segunda noche de los perros.

36

Cuando los feligreses menos se lo esperan, un domingo cualquiera, el padre Miguel se levanta y se la agarra con la grey entera sin motivo aparente. Pero si nos ponemos a buscar motivos no habrá que esforzarse mucho para detectarlos. Sorprende verlo a ese hombrecito tan apocado, como enfermo de consunción, de modos débiles que, de pronto, cuando menos se lo espera, a medida que va afinando el sermón se convierte en una voz que brama desde el averno para rajar el corazón de los pecadores. Quién no se acuerda de aquel domingo frío y nublado en que abrió la Biblia y se agarró de Ezequiel para increparnos: Tú, hijo de hombre, no juzgarás a la ciudad derramadora de sangre, proclamó el cura, y le mostrarás todas sus abominaciones. En la sangre que derramaste has pecado. Entonces nos preguntamos de qué carajo hablaba el cura y a quién se dirigía mientras sus ojos fulminaban de rostro en rostro y podía detenerse tanto en el de Oscar, el carnicero de la 107, como en doña Tini, la quinielera de la 5, y aquellos a quienes enfocaba bajaban la vista porque, si eran amonestados por esa mirada del ministro del Señor, por algo habría sido. Acá, entre nosotros, por más que tengas bidet, nadie tiene el culo limpio. A la madre y al padre despreciaron, se enervó el cura. Pero, para mí, dijo una en voz baja, lo de la sangre a que hace alusión tiene que ver con la matanza de los pichichos. El padre Miguel no paraba, frenético estaba. En esta grey hay pecadores con piel de oveja, se enardeció. En esta parte del sermón estalló un trueno. Y fue el pavor.

37

Hubo otras noches, aunque espaciadas. Cuando una matanza parecía haber quedado atrás pasaba otra. Si esas razas de perros habían sido privilegiadas en la Villa no se debía solo a su ferocidad para proteger la propiedad privada, sino también a que de alguna forma representaban simbólicamente las convicciones y el temperamento moral de nuestros primeros habitantes, una población que se sentía superior, aunque en los tiempos posteriores a la fundación accediera al dominio de Don Karl un variado catálogo de apellidos italianos y españoles, además de polacos y turcos, incluyendo una diversidad de otras procedencias, de modo que todos aquellos que recién llegaban a la Villa con el propósito de afincarse eran estudiados por sus vecinos con un temple de entomólogos prestando atención a hábitos que por desconocimiento eran considerados rarezas, lo que convertía a todo recién venido en un extraño que debía ser escudriñado con cautela, lo que nos convertía a todos en centinelas del prójimo, pero ahora, después del exterminio canino realizado por el Club de la Piel de Judas, nuestra moral y su acatamiento colectivo eran puestos en duda y merecían, además de una exclusiva y profunda investigación policial, también, y por sobre todo, un examen de nuestras conciencias que explicara cómo, en qué recodo de nuestra historia habíamos sido elegidos por el destino para que estos crímenes nos convirtieran a todos en sospechosos, capaces de denunciar al otro si le advertíamos algo extraño, entonces pudimos pensar en que estaba sucediéndonos algo similar al holocausto, y era hora de asumir que habíamos tocado fondo. Pero no era para tanto, no exageremos, dijo alguien. Se trata de perros, no de judíos.

38

Más allá de las consideraciones que merece el exterminio de los perros, Dante no deja de lado que la repercusión ha tenido su utilidad para que transcurra desapercibido el último enjuague de la municipalidad con la empresa recolectora de residuos. En eso está pensando esta noche mientras termina un whisky en la barra de Moby cuando se le arrima Esterházy, ya entonado, sonrisa amarga, y le dispara: Decime vos, que sos un tipo cultivado, a quién en este pueblo le puede interesar la nada. Saber de qué están hechos los otros me convierte en apátrida en todas partes, dice Esterházy. Tus noticias son sobre la nada. Pero ellos no se dan cuenta. En estas circunstancias me esmero, no obstante, en enfrentar el blanco de la tela.

39

Después de aquello ya le pasó el momento de preguntarse por qué yo, por qué a mí, después de aquello, porque ella no encuentra cómo definir lo que pasó en la clase de piano, y no sabe qué nombre ponerle, la colma de odio al recordarlo, y no hay instante del día en que pueda olvidarlo, por ejemplo, en este instante en que se prepara una taza de té y para alzar la tetera tiene que juntar los dedos y sus manos se convierten en las patas frágiles de un pájaro que se juntan temblorosas para agarrar el asa, temiendo no contar con la firmeza necesaria al levantarla. Es cierto que ahora, después de aquello, puede, al menos, maniobrar con un cuidado tenso los objetos de lo cotidiano aunque un mínimo gesto como agarrar un lápiz para anotar las cuentas de la ferretería de su padre requiere un ardid titánico. Le cuesta reconocer su caligrafía zurda. Ya no es la letra prolija que había sido orgullo de su maestra. Y la imposibilidad de olvido se le repite, no solo la carga de rabia hacia esos y piensa, los dos, aunque la chica hubiera permanecido al margen con su actitud de criatura retraída, tímida y sumisa, su sangre es la misma que la del verdugo que vuelve a bajar con fuerza la tapa del piano, el dolor y el grito, el martirio de los días de su vida entera por venir porque la crueldad frustró sus sueños de un examen en el conservatorio y luego su debut en una sala de conciertos en la ciudad, fotos de mañanas rotas volando en un viento como el que azota la Villa desde hace una semana, una sudestada que no cesa. Odia sentir odio. Odia seguir sintiendo que su odio, enmascarado tras una sonrisa apacible, se transforma en los otros en una piedad que le incapacita a veces ayudar en el mostrador de su padre vendiendo un puñado de clavos que se le caen, pide perdón, se agacha, los junta del piso ingeniándose con los dedos arruinados y el cliente la disculpa con una dulzura impuesta: No es nada, angelito.

40

Es junio, más de medianoche de un día de semana, el mar está calmo, el oleaje mantiene un ritmo sereno, parejo, y la niebla avanza hacia la orilla, los médanos, y sobre las primeras casas de la costa y luego se extiende a la Villa toda. En la quietud el mar se oye más cerca. El descanso parece haber tendido una manta sobre los techos. Virgilio ronca mientras Lidia, su mujer, mastica un antiácido frente al televisor. Elsie está recostada en su dormitorio, una habitación rosa con muñecas y un retrato de Chopin, escucha en radio Nacional el concierto para la mano izquierda de Ravel. Tomasewski, su padre, el ferretero, tampoco duerme y piensa en agarrar un hacha y mutilar a Lazlo: emplearía una capucha, no diría una palabra. Greco ha calculado cuánto le va a tocar en la licitación que comprende la venta de las playas del sur y se acuesta después de ver un partido entre España y Francia sin concentrarse porque no puede pensar en otra cosa que en los números, los beneficios del loteo: si se levantara un resort cuánto sería su comisión, cuánto debería repartir en sobornos entre los concejales. Mariana, su mujer, duerme bajo el efecto del valium. El comisario Barroso cree haber escuchado un ruido en el jardín, agarra la 45 y sale sigiloso al frío, pero nada. Tiene otra vez ganas de mear. Cada vez con más frecuencia sus horas de sueño son interrumpidas por la vejiga, tres, cuatro veces, chorritos cortos. Su mujer y la nena duermen, las observa. Hubiera querido un machito en vez de una chancleta. El padre Miguel cierra la

Biblia después de buscar un argumento para el próximo sermón y se duerme pensando en la calma nocturna que debe impregnar las almas atormentadas, sumidas en el pecado. Aunque sus feligreses sean unos hipócritas que confiesan la parte más leve de sus faltas, prefiere pensar que son redimibles. Apaga la lámpara, se persigna y se da vuelta hacia la pared. Dante prende un último cigarrillo y espera que el sueño lo venza pero no hay caso. Ni con pastillas. Su insomnio se ha vuelto crónico y, como esta noche teme que sea otra de esas, como quien cuenta ovejas, se dedica a pensar en los habitantes de la Villa y en sus vidas, qué estarán haciendo ahora. Moni se quedó dormida corrigiendo sus escritos. Esterházy da vueltas en el mirador y sus pasos lentos, titubeantes de alcohol en torno a la tela en blanco, se oyen en el cuarto de los chicos, que parecen dormidos pero no. Lazlo lee atrapado *Crimen y castigo* a la luz del velador y Aniko, con la cara enrojecida por los sopapos, con los ojos cerrados pero despierta, juega una partida de ajedrez imaginaria hasta que Lazlo mira el reloj despertador, se levanta, sacude a su hermana y le ordena vestirse. Los dos, sombras, abandonan el hotel, se internan en el bosque y después de sortear árboles y follaje, un silbido los detiene. Otro silbido, más largo. En el bosque hay un pequeño claro, Eric viene a su encuentro. El Club de la Piel de Judas está por encarar otra acción. Tobi los sigue un rato. Los espía. Y después, siempre agazapado, retrocede y vuelve a su tapera en la parte posterior del hotel. Al acostarse, piensa en la patrona y se masturba y después, reconfortado, se pierde en un sueño plácido con la camiseta de franela pegoteada a la barriga. Una comadreja hurga en un tacho de basura. Un búho cambia de pino. El bosque nunca duerme.

41

A Dante le impresiona una vez más cómo la historia tiende a la repetición, primero como tragedia y después como farsa, pero hay circunstancias, y esta podría ser una, en que la farsa deviene un melodrama sangriento del que no hay posibilidad de retorno. Se le mezclan las fechas como naipes, con la diferencia que la cantidad de naipes es la pila de ejemplares del semanario que guarda a un costado del local húmedo de la galería comercial Soles, entrando, al fondo a la izquierda. Un día de estos, se promete, va a revisar la colección con un vindicativo ánimo justiciero y con el temple de un investigador privado se pondrá a analizar mucho de lo que el pueblo dice memorizar y, con certeza, no ha sido como lo recuerdan, los hechos tergiversados. Hace rato que Dante quiere acordarse con precisión cuándo fue la última vez que la vio en Pocker de lo más entretenida conversando con el comisario Barroso como si fueran íntimos sin importarle que la vieran. Por el contrario, parecía lucirse en esta relación con el poder. Seguro fue después del tercer acto del Club de la Piel de Judas.

42

El pibe tiene quince años esa noche en que merodea el Barrio Norte. Si lo sorprende una patrulla, le será difícil explicar qué anda haciendo tan lejos de La Virgencita, el rancherío pasando circunvalación, y que conste, si nosotros le decimos asentamiento a La Virgencita, es porque no queremos que se confunda una villa miseria, la cuna de este pibe, con esta Villa, la nuestra, la de buenas costumbres, apacible, discreta, donde esta noche el pibe evita las alamedas iluminadas y se adentra en el Barrio Norte, porque está fichando qué casa se puede hacer teniendo en cuenta que no tenga un perro guardián, es una sombra que se desliza por las zonas oscuras, sus zapatillas no se oyen en la arena aunque a su paso a veces un perro detrás de un alambrado le ladra amenazante. Se aleja de los ladridos y dobla por una alameda sin luz. Está oteando un chalet, uno californiano, una luz lo enceguece, un reflejo celeste, primero un bip, después una sirena, y no lo piensa dos veces, se da vuelta y empieza a correr, los faros lo siguen, dejarán de seguirlo si dobla hacia los médanos porque las ruedas se enterrarán en la arena, así que correrá por los médanos, las dunas más altas, perdiéndose, pero no. El tiro le acierta en la espalda. Cae rodando arenal abajo. Se llama Nahuel Silva, pero en el prontuario y en la comisaría donde ya tiene entradas lo conocen como el Bichi. Su nombre y su alias se publicarán en *El Vocero*, se lo mencionará en la efeme y su foto se reproducirá en el noticiero de la tele. De haber sido un chico de clase media cometiendo alguna trapisonda, su identidad habría sido protegida y el comisario Barroso hubiera hecho la vista gorda mientras arreglaba una cifra con los padres, buenos vecinos. La muerte de Nahuel es un regalo del cielo para Barroso: atrapó, después de una ardua investigación, a uno de los autores de la matanza de animales domésticos. Un pibe que tenía, para su corta edad, una larga serie de entradas y salidas. Así demuestra la policía local el compromiso serio que la vincula con la comunidad. Tras este logro, promete Barroso a la prensa local, continúa nuestro empeño en capturar a los cómplices de este vándalo que ya teníamos identificado. En cuestión de horas informaremos más novedades, dice Barroso cerrando la conferencia. Buenos días. Muchas gracias.

43

A quién no le ocurrió alguna vez que al entrarle al mar, todavía sin alcanzar la rompiente, sin alejarse tanto de la playa, le pasó cerca una silenciosa mole oscura, tan cerca, y de pronto, la mole oscura se sumergió, y trataste de volver cuanto antes, con terror, a la playa. Pudo haber sido un tiburón, lo primero que pensás, aterrado. Que están a ciento cincuenta metros de la costa, se dice. Y es cierto. Como también es cierto que de la costa hacia tierra adentro, a menor distancia, también se encuentren otros tiburones. Están en el banco, en la municipalidad, en las cooperativas, en las tiendas, agarrados a sus calculadoras, a la caja chica, silenciosos, hambrientos. Y si la actividad del mar es incesante como la del cerebro, que no se detiene ni cuando soñamos, tampoco se detiene la zona fantástica de la noche, la respiración agitada, las visiones y los gritos: trenes que se pierden, desnudos en la calle, dientes que se caen, vergüenzas que se repiten con pavor, cuchillos sangrientos, hijos asesinados, madres que abandonan, padres que no vuelven, serpientes, murciélagos. Los tiburones sueñan. Son siniestros como ese auto sin identificación que entra esta noche en El Monte, al otro asentamiento de la Villa, que está detrás de la terminal, que crece tan rápido como La Virgencita porque, acá, nadie sabe con exactitud cómo revientan las estadísticas de la población en los censos. Al entrar en el asentamiento los pibes que están ahí, entre unos bidones, de guardia, piden peaje a los desconocidos, se abren, lo dejan pasar. Los tipos tienen facha de ratis. El auto avanza lento entre las taperas. Se oyen cumbia y griterío de chicos, el llanto de un bebé, borrachos puteando y mujeres chillando. El auto se va internando por pasadizos que no llegan a ser calles. Una alarma secreta corre entre las casillas. Un silencio ahora precede el auto. El rancherío se apaga como si supiera que algo va a pasar. Dos pibes fuman en una esquina y, al verlo venir, dejan la birra y desaparecen detrás de una tapia de lata. El auto aumenta la velocidad, gira y revienta la tapia. Los tiros. Dos chabones con automáticas saltan fuera del auto. Miran el cuerpo despatarrado del pibe en el arenal. Se llama Cristian Leguizamón, tiene, tenía, diecisiete años. El otro, Kevin Malaver, alias Tuca, tiene dieciséis, y llora suplicando. Mañana el comisario Barroso armará una reunión con la prensa, y después hablará con Moni, se van a encontrar en el Hotel Miconos. Para Alexis, el dueño, tiene su conveniencia que los dos tengan sus encuentros en la suite. Una aleta surca la superficie.

44

Moni dio con el título de su novela: *El Hotel de la Lujuria*. La idea se la dio, sin saberlo, Aniko la tarde que vino a ella sangrando. La protagonista es una niña, hija de hoteleros, de la edad de Aniko, una edad perfecta para la iniciación sexual. Al espiar los cuartos, aprenderá de los huéspedes los más diversos modos del arte erótico. En principio, la muchachita, bautizada Anne, descubre el sexo mirando a un mayordomo y una mucama. Ha decidido llamar las cosas por su nombre: pija, concha, tetas y culo. Siente que su literatura crece dentro de ella a la vez que el deseo, motor de su escritura. Lo llama a Dante para que lea unos capítulos. Los escribe sin seguir una cronología: a veces Anne es una quinceañera, a veces tiene veinte, y así hasta ser una mujer de cuarenta que ha perdido todo el pudor con tal de que le apaguen la calentura, que es insaciable. Ya se ocupará más tarde del orden cronológico de los garches. La literatura la posee: La tengo adentro, se dice con una sonrisa pícara. Una vez más, Hugo se ha ido a Mar del Plata y a esta hora de la noche ya no volverá. Dante no tenía programado visitarla, pero después de un whisky doble en Moby, se pregunta por qué no. No le gusta cruzar el bosque nocturno, pero pasar unas horas con Moni tiene lo suyo. En esto piensa cuando atraviesa una alameda que parece un túnel. El golpe en la nuca lo derriba. Tarda en despabilarse y distinguir a los atacantes. Se incorpora tambaleando. Uno es el Pecoso Almeida, el ladero de Barroso que se ocupa del laburo sucio. Y el otro el Puma Rinaldi, que la va de nervioso. La trompada que le mete lo

87

devuelve a la arena. Queda tirado boca arriba, a los pies de los tipos. Dante no se mueve. Almeida le pone una nueve en la boca. Adónde iba el piola este, le pregunta al compañero. El Puma le contesta: A ponérsela a la Colorada. Y Almeida otra vez le pregunta a su socio: Y qué nos dijo el jefe: Que no volviera a tocarle un pelo a la Colorada. Se equivocan, dice Dante. No le voy a tocar un pelo. El Puma no pregunta. Dante, sarcástico, desde abajo: Es que tengo buena puntería. El Pecoso se vuelve hacia el Puma: Es chistoso. El Otro dice: Re. Le pone la nueve a un costado de la cabeza, casi pegada a la oreja izquierda: Te voy a joder el oído. El estampido lo aturde. Te cagaste, dice Almeida. Un asco, dice Rinaldi. Se ríen, se van. Moni escucha los tiros no muy lejos. Mira la hora. Dante ya no va a venir. Anne, detrás del cortinado del salón, ve la enorme pija de Jaime, el mayordomo. Respira como un animal, resuella mientras Josefina se la chupa y pajea a la vez, lo ordeña exprimiéndolo, se traga la guasca, se relame. A la muchachita le retumba el corazón, y como a la escritora, le sube un calor por todo el cuerpo.

45

Todos miran a otro lado cuando les preguntan qué vieron. Y esta es la razón de ser existencial de todo pueblo decente si es que hay alguno sobre la faz de la tierra. Así que liquidados dos, faltaba uno de los pibes, cualquiera. Uno de La Virgencita, otro de El Monte. Faltaba uno. Dante publicaba la versión oficial, pero tenía, como siempre, dudas, hipótesis que se guardaba mientras otra noche, esta noche, la patrulla daba vueltas por la Villa buscando a qué pibe le podía cuadrar el perfil como había sido primero Nahuel Silva, alias el Bichi, al que bajaron la otra noche, también con entradas en la comisaría, escapando, tiro por la espalda, un fierro tumbero en la mano, yaciendo en el barro arenoso, porque el Bichi era plaga, número puesto. Y ni hablar del Tuca. Tobi seguía en la suya, trabajando jardines, su rutina con el Monra que, una mañana, le preguntó qué pensaba de los pibes que había declarado culpables el comisario Barroso, y Tobi le contestó: Va a llover. Moni y Dulce se seguían viendo, pero menos. Su única preocupación, decía Dulce, era Eric. Es un chico inteligente pero tan introvertido. Y esto le había traído siempre problemas con los otros chicos, lo tomaban de punto. Y eso porque en las casas no hay amor. Este es un pueblo sin amor, Moni. Querés otra calada. Hacía un tiempo que ella lo notaba más escurridizo que de costumbre. A veces me da miedo. Seguro que no querés otra calada, le dijo. Esta cosecha salió con poderes. Moni rehusó el porro con una sonrisa: Hoy me pega mal, le dijo. No me trajiste poemas nuevos, le refunfuñó Dulce. Estos días no ando muy inspirada. No sé qué me pasa. Dulce pitó hondo, retuvo el humo, lo expulsó mientras esa noche el comisario Barroso se lo bajaba a Máximo Luna, alias Pacman, de La Virgencita. Al pibe lo habían pescado en una transa, lo cargaron a la comisaría, redactó una confesión contando que junto con los otros había querido hacer una jodita con los perros pero se les fue la mano. Y después, en el calabozo, se había ahorcado. Caso cerrado.

46

En la noche de luna llena el hombre está sentado en el sillón del dormitorio al pie de la cama, callado, invisible, pero ella sabe que está, escucha su respiración. Él la observa en la luz de la luna que entra por la única ventana del cuarto insinuando sus formas. El hombre espera. Cuando su respiración sea el jadeo de un rugido en ciernes saltará sobre ella. No más hijos, piensa ella aliviada por las anticonceptivas. Va a morderme, voraz, y le corresponderé a dentelladas y arañazos. Y piensa en los chicos que, a esta hora, duermen encerrados. Porque desde que Tobi le contó lo que vio aquella noche del cónclave en el bosque, ella se dijo que nunca se lo contaría a Esterházy. Prefiere no pensar cómo habría reaccionado el hombre en la silla de enterarse, qué castigo habría ejecutado. Adelantarse a los acontecimientos, pensó, entonces. Y había ido a ver a Barroso, que encontró a los culpables. Es cierto, iba a deberle una de por vida al asesino. Hijos, piensa. Pero a sus chicos sí les dijo que sabía. Eric no debía enterarse de que Tobi los había visto. Y Dulce tampoco debía enterarse de su gestión con Barroso. Ahora ellos saben qué les espera si se llega a saber. Se acuerda: la mañana en que Tobi le dijo: Tenemos que hablar, señora. En el fondo siempre había sabido que esas vidas tenían asignado un destino que no prometía nada bueno. Y ahora su presentimiento se cumplía. Mantuvo la compostura ante Tobi. Ruega al ningún dios en el que quiere creer que su presentimiento funesto no se cumpla: son inocentes, lo son, quiere convencerse. Entonces mejor huir hacia adelante. Nadie debe saberlo, les dijo. Y menos el hombre sentado en el sillón al pie de la cama. Los únicos que lo saben: un idiota y un asesino, piensa. Ahora el hombre respira agitado. Las pastillas la protegen. El hombre está por saltarle encima mientras en la cabaña del pinar, pasando la rotonda, la casa de los Del Corral, en la luz tenue de una vela artesanal naranja, Eric, como sonámbulo, busca la escopeta que está guardada en el baúl debajo del póster de Clapton. Y sale a la noche del búho.

47

Desde que pasó lo que pasó, eso de lo que no se habla, y menos aún, se debe pensar, porque basta que les pase por la cabeza un vestigio de lo ocurrido, una secuencia meteórica de ladridos y envenenamientos y sangre inocente, Moni lo nombró a Tobi celador cancerbero. A Tobi lo enorgullece que la señora le dé una orden. Complacerla lo vuelve importante. No se le escapa que la delación ha modificado la relación. Ya no son ama y esclavo. Ahora son socios de un secreto. Y un secreto, si se lo sabe aprovechar, tiene sus beneficios. Tobi los acompaña a la escuela y los trae de vuelta. Bajo custodia los hermanos son animalitos en la atmósfera a encierro, a frío húmedo y pis de gato, chirrido de goznes y eco de pasos en el linóleo, se pierden en las habitaciones, las dos salas, el sótano y en todos los recovecos que, en cada incursión, en la bruma, se les revela un pasado ajeno que asusta. Pero el miedo tiene un gustito.

48

Es lo único que la serena: desnudarse y escribir. No puede negar que sus personajes tienen que ver con ella aunque les cambie los nombres. Escribe en la mañana, cuando los chicos están en la escuela, mientras Tobi los vigila. Hasta cuando se acuesta con alguien escribe, mentalmente pero escribe, porque le presta atención a cada uno de los gestos y las inflexiones. Barroso coge como un conejo. A Greco le cuesta acabar y tiene que hacerse una. Esterházy, a su manera, la ama. Una pasión contra la que él mismo se rebela, una pasión confundida con la imposibilidad de no poder con la tela, su imposible, y ella no es más que ese blanco: necesita poseerla para tener lo que le falta. Tobi, el lacayo incondicional, abnegado, cuando la espía y se pajea parece cumplir un ritual religioso, su amor es devoción. Y Dante, que con su aburrimiento existencial viene a vaciarse cada tanto porque no se aguanta. A ella le gusta pensar que le hace la vida más tolerable. No se olvida de Dulce, la torta drogona que se justifica diciendo que en ella encuentra, además de comprensión, lo que ningún hombre puede darle. Y se miente, no es que los hombres, etcétera, es que te gustan las mujeres, nena. La ingenuidad la puede a la fumona. Pero, y ella, Moni, qué busca en los otros, ella madre capaz de entregarse a un cana con tal de que sus hijos sobrevivan. Antes Barroso era un límite, y lo ha cruzado. Ella es todos. De acuerdo, escribir calienta, se dice, el poder de aislarse de la desgracia. En cada personaje, más allá de los pasajes eróticos, vuelca un sentimiento. Tal vez encuentra en cada personaje un sentimiento que le corresponde porque nadie es un solo sentimiento sino varios, seudópodos de un yo tan necesitado

93

como el de quienes, al desearla, se pierden. La escritura la anestesia, le ahorra pensar en su hijo que baja la tapa de un piano, en que su hija se deje sopapear por el hermano, que los policías liquiden gorritas inocentes, y un pibe sale a la noche del bosque y se vuela la cabeza con un escopetazo, los sesos desparramados en el aire frío bajo las estrellas. Cuánto ha tenido que ver ella con todo, dejando a su paso una estela de imitación Chanel número cinco. Mejor seguir con la escritura, una vagina caliente que se abre rosada y húmeda a una lengua lasciva.

49

A veces, cuando despotricamos en contra de esto en lo que se va convirtiendo la Villa, en Lanús con mar, nos preguntamos si no era acaso el proyecto de Don Karl, ese mítico balneario amigo, ario, juvenilista, mente sana en cuerpo sano y todo ese dogma nazionalista, o desde un comienzo fue su tentación del dinero y fomentó la expansión del caserío incluyendo moishes. Don Karl le vendía a todo el mundo el paisaje ideal. Pero su espíritu pasaba por la especulación. Así que no nos quejemos si el materialismo gobierna estos médanos y sus habitantes. Aunque sigamos plantando pinos no purificaremos el aire que ya está enrarecido por el olor de los billetes. Tomasewski era mecánico.

Cuando se vino al país, haciendo horas extras en un taller, su sueño era poner un negocio. Y aquí está su logro, la ferretería que tiene su nombre. Elsie era el otro sueño, o el mismo. Porque Elsie sería una pianista célebre y ganaría fortunas. A veces hablaban de cuando ella tocara en Varsovia. El padre se deleitaría desde la platea mientras los dedos mágicos de su niña desgranaran los acordes de la *Polonesa*. En una de esas, piensa ahora, todas sus fantasías lo enceguecieron sin advertir que todas dependían de una misma, el dinero, el origen de su tragedia. Si no hubiera venido de Polonia con la ilusión del dinero, si no hubiera sido tan rabiosa su necesidad de dinero por la enfermedad de Liza, la madre de Elsie, y ese cáncer tan largo, y después, viudo, con una hija, empezar de cero, venirse a la Villa, empeñarse para montar este negocio abigarrado con toda clase de herramientas, podría decirse un taller de utilería, dedicar lo que iba entrando primero a un piano, después a sus clases en Mar del Plata, la promesa de un mañana rutilante con la música de un piano, después una orquesta, el ritmo de una marcha, primero solemne, pomposa, y después, plena de júbilo, elevándose hacia una alegría gloriosa que, de pronto, empieza a desinflarse como un acordeón y las notas se desperdigan en una brisa salobre en la que levitan billetes porque tiene que llevar mañana a Elsie a un especialista en Capital, otro viaje que costará bastante y que, no obstante, aun con la certeza de que esos dedos jamás habrán de recuperarse, mañana al amanecer la despertará, le preparará el café con leche, las tostadas con manteca y mermelada de durazno, y habrá de llevarla en la chata. En la noche, insomne, en el local, clasifica unos herrajes. Pero la mirada se le va a los modelos de hacha. Elige una, una liviana, manuable. Y la vuelve a su lugar. Llora.

50

Desde diciembre hasta después de Semana Santa, dejábamos de ver a los chicos atareados como estaban atendiendo los huéspedes del Habsburgo. Como mucho, reaparecían por el centro, parecían espectros del pasado yendo a la verdulería del chileno Osorno, la carnicería de Toto, o el supermercado del chino Lin. Compraban provisiones, las cargaban en las bicis y desaparecían como habían venido, mirando de reojo a los costados. El hotel, en verano, transmitía la impresión de ser un colmenar de venidos a menos que, a pesar de su derrumbe, no habían perdido las mañas y trataban a los dos hermanos como si fueran sus auténticos y únicos sirvientes blancos. Preferían dirigirse a ellos antes que a los santiagueños. Los hermanos iban y venían urgidos por los pasillos con bandejas, juegos de toallas, botellas, mensajes, de aquí para allá y de allá para acá, dando vuelta en el recodo del pasillo, podían ir por un cepillo o un trapo de piso porque, aunque simularan un status desflecado, los huéspedes, en sus borracheras, no llegaban al baño y vomitaban antes de llegar al inodoro, sin contar que más de una de las tipas caprichosas no tenían pruritos en hacerlo con la regla y había que cambiarles las sábanas todo el tiempo. Eso, en temporada, atareadísimos las veinticuatro horas, sin un segundo para pensar en otra cosa que en lustrarle los zapatos al gordo de la 23 o subirle otra botella de gin a la pareja de la 18 y así, porque se turnaban para dormir en la recepción con un ojo abierto. Al insinuarse el otoño, bajaba la temperatura, el hotel quedaba vacío y lo que quedaba por delante era dirigir a los santiagueños en la limpieza y después nada, de pronto nada, como si despertaran de un sueño cansador y al abrir los ojos, nada, la puta nada y, como era ya el fin de temporada, el padre había vuelto a crisparse en el mirador y tirar el caballete por la ventana con tela y todo, la madre a desnudarse y escribir, y Tobi a juntar las hojas, entonces a los hermanos los veíamos más seguido. Más que venir al pueblo por un mandado, la sensación nuestra era que el recado era una coartada. Las cabezas gachas, cambiando apenas una mirada desde abajo porque una sola les bastaba para comunicarse igual que comandos que acuerdan con una señal cuándo entrar en acción: esos dos eran uno. Venían a estudiar el terreno. Lo patrullaban.

51

Las primeras lluvias sumen la vida en tonos apagados. Tanto los gestos como las voces transcurren en lentitud y voz baja. El cielo se impone melancólico. Si se camina por la playa se lo verá inmenso, la visión borrosa del muelle a la distancia, cada tanto un perro perdido. A los chicos les encantan los días que pueden descalzarse, mojarse los pies en la espuma fría, correr por los médanos hasta alcanzar una cima, quedarse sin aliento y dejarse caer rodando abrazados. Cuando se fusionan cuesta abajo las risas estallan y se extingue toda diferencia y hay entre ellos, a pesar de los sopapos y el llanto, un sentimiento que nunca tendrá fin, una comunión que nada ni nadie podrá disolver porque este sentimiento espejo es a la vez milagro y perdición. Al aterrizar en la base del médano, separándose, cada uno, acostado, abriendo los brazos, la boca abierta y la boca salada, jadeando, miran el cielo. A veces es la chica la que se acoda en la arena, sin apartarse el pelo de la cara, pregunta: Y ahora qué. Entonces el chico le contesta: Qué. A veces es al revés: El chico gira hacia ella: Qué hacemos. Y ella: Qué te gustaría. A veces es ella, a veces es él, a veces son los dos, sin levantarse, tienden un brazo uno al otro, se atraen y se miran a los ojos. A veces es ella la que avanza. A veces es él quien se atreve, cada vez lo sienten más fuerte y están más lejos de todo, se besan primero con vacilación y timidez, después con más intención, las bocas se juntan ansiosas, las bocas con gusto a mar. Graznidos de gaviotas sobre ellos.

52

Nancy, según Moni, limpia por encima pero se puede confiar en ella. Una puede dejar un billete de mil sobre la mesa de luz. Si Nancy tiene que limpiar pasará el plumero, un trapo con lustramuebles, y después dejará el billete en su lugar. Tampoco Nancy es tonta, tiene su fama de trabajadora honesta pero no es ninguna pavota y no va a arriesgar su prestigio de buena doméstica: sabe que Moni es tan zorra que puede haber dejado allí el billete para ponerla a prueba. Y no están los tiempos, sola y con tres hijos, dos que trabajan en changas y una descarriada, como para andar jodiendo con el trabajo aunque le paguen una miseria. Uno de los problemas de Nancy es que tiene casi sesenta y cataratas. Y cuando tiene que plumerear se le pasan las telarañas que se reproducen en todos los rincones apenas los huéspedes del verano se marchan. También está el polvo que empieza a tapizarlo todo. Pero aunque la consideren corta de vista, no se le escapan los comportamientos de cada uno y experimenta una compasión cristiana mezclada con resentimiento. Casi siempre, superior el resentimiento. Después de la temporada el Habsburgo empezó a tener problemas de electricidad y filtraciones cuando diluvia. Este sábado al mediodía Nancy recorre el hotel con un balde y los elementos de limpieza. Tiene que apurarse para estar en su casa y hacer el almuerzo. Le apenan los chicos Esterházy, tan flacuchos. Hay veces en que piensa en llevárselos a su prefabricada pasando la circunvalación y darles un plato de guiso. Tal vez se miente, recapacita: si conserva el trabajo en el hotel, no es por la plata, sino por la lástima que le dan esos chicos flacuchos que comen bien solo los días que ella va y les hace un guiso que devoran. Aniko pronto será una mujercita, delicada, tan introvertida. Hay veces en que Nancy no se da cuenta y Aniko está detrás suyo, como si siempre hubiera estado ahí, observándola con una sonrisa que puede ser acaramelada pero también de retraso mental. Esa chica, opina, vive en otra parte. Lazlo, en cambio, apunta para ser un malvado o un genio o las dos cosas. Es capaz de permanecer ratos largos solo con sus revistas de ajedrez, el tablero y las piezas. Nancy podría decir que se gana la vida en un manicomio, reflexiona mientras cruza las alamedas hacia la avenida, la parada del colectivo. Cuando lo ve venir y busca en el monedero: no tiene un centavo. Piensa en Lazlo. Hijo de una gran puta.

53

Tobi es un amor, le dice ella a cualquiera que le pregunte por el pelado hermético que, además de ocuparse del jardín, puede hacer arreglos de conexiones, reponer tejas, solucionar una pérdida de gas y picar y revocar donde hay una mancha de humedad, además de perseguir ratas y murciélagos porque en el Habsburgo no es raro toparse con una rata en el pasillo o un murciélago aleteando en un cuarto penumbroso que sirve de entretenimiento a Lazlo para abatirlo a los escobazos. Desde entonces, desde aquella mañana en el aserradero, Tobi es un engranaje esencial en el hotel. Y puede decirse que es parte de la familia o, al menos, él se cree así, un pariente invitado al que acomodaron en un galponcito en el fondo aunque Esterházy lo trate como a un esbirro. En cambio Moni lo trata con una seducción como distraída y los chicos como un cómplice que los sacará de apuros y también como un muñeco al que Lazlo somete a bromas crueles en las que cae siempre. Aniko, con su aire angelical, lo mira como a un huérfano hambriento que su madre recogió de la calle. Pero nosotros sabemos que su existencia ahí se debe a la pasión humillante que lo derrite y puede hundirlo en un lagrimeo bochornoso, como cuenta Nancy, si bien la doméstica suele ser exagerada con los chismes. Lo cierto es que quien pasea cerca del hotel y se para a contemplar esa gran construcción con techos alpinos de tejado a dos aguas, al acercarse con curiosidad puede ser sorprendido por esa sombra que controla detrás de la vegetación frondosa y tupida que circunda la construcción y con su voz finita inquiere: Qué busca. Entonces su presencia y el tono obligan a los curiosos a retirarse intimidados. Puede ocurrir también que el piberío cada tanto le tire piedras al hotel y destroce los vidrios de una ventana hasta que Tobi surge con un cinturón amenazador. Tobi es callado, casi mudo, respetuoso cuando saluda a un vecino o lo cruzamos por la avenida. En verdad, nadie tiene nada contra Tobi. Pero conjeturamos que debajo de ese aire entre humillado y amable, lo uno por lo otro, se esconde una furia reprimida y, como siempre decimos, hay que darle tiempo porque en el momento menos pensado la bestia va a soltarse. Es cuestión de esperar, calcula el polaco Tomasewski, el ferretero, que pasa por el hotel simulando aerobismo desde hace un tiempo.

54

Un nuevo conflicto inquieta a nuestra comunidad mientras en el Concejo Deliberante continúa el debate sobre la licitación de los lotes del sur y su posible adjudicación a una importante inversión inmobiliaria. Nos referimos al conflicto generado en nuestra comuna con Residual, la empresa contratada para la recolección de residuos, que reclama una deuda de tres meses y, por tanto, se niega a recoger la basura hasta que se liquide la deuda contraída por el municipio. Esto explica la basura que se ha acumulado en nuestra preciosa Villa y que tan mala impresión da, además de generar condiciones insalubres para nuestra población, termina de redactar Dante y se echa para atrás, se pone las manos en la nuca: La basura y nosotros, piensa, podría ser un titular. Y otra variante, más provocadora: Somos basura. Dante sabe que, se incline por un titular u otro, la noticia cabreará a Greco y se le va a venir al humo. Greco le dirá que se acuerde cuánto le pone de publicidad municipal. Dante le dirá que no puede negar los temas que se discuten en los bares, las peluquerías, las farmacias, los mercaditos, y lo que está en boca de todos, y esas cuestiones no pueden faltar en *El Vocero*. La basura será la discusión, se adelanta Dante. Pero esta vez el escándalo sucede antes. Greco, en persona, viene al local. No trae su habitual expresión demagógica, la de ganar votantes, sino la otra, piensa Dante, la del miedo de perder los que tiene: Te vengo a avisar, Dante. Guarda con lo que publicás de la basura. Dante lo mira comprensivo: Estás alterado, Greco. Por qué no hacés terapia, te va a calmar. Greco está por putearlo: Lo mismo dice mi mujer. Mirá si voy a andar ventilando las presiones políticas en

103

lo de la Rusita. La Rusita es Roxana Silberman, la psicoanalista que llegó a Pinamar y está de moda. La mayoría de sus pacientes son de la Villa. Y es lógico, no le confesarían a alguien del pueblo: frustraciones, adulterios, incestos, maltratos, abusos, adicciones y culpas por temor a que se divulguen. Si no fuera por el precio de la nafta, muchos se analizarían en Mar del Plata. Greco no se aguanta, rebota de una pared a otra del local. Y si probás con un buen pete, le sugiere Dante. Greco le pide un cigarrillo. No habías dejado de fumar, le pregunta Dante. Y Greco: Lo que tendría que dejar es este pueblo, que se cocine en su salsa. Estoy harto de arreglar los problemas de todos. Dante le da fuego: Guarda con lo que escribís, boludo, le dice Greco y amaga irse. Pero se contiene: Qué tal está la Rusita, pregunta.

55

Hay una foto suya donde se la ve soplando un beso a cámara, escotada, un vestido negro. Y un collar de perlas. La foto la encontró Tobi en una valija en el sótano. Debió ser el único equipaje que trajeron en el baúl del Buick blanco que está herrumbrado en un depósito de Arno. Moni se ve más joven, con un collar de perlas que desciende por el escote insinuante. Una tarde lluviosa como esta, Tobi ha bajado otra vez al sótano cuidándose de que nadie lo vea. Se desplaza como un gato. Se siente un ladrón: roba imágenes mentales de un pasado que no le pertenece. Hay un vestido largo de fiesta, tacos altos negros, camisas de seda, gemelos, un smoking, corbatas, vestidos, un abrigo de piel. Tobi acaricia la superficie del contenido. En la valija, advierte, estaba el collar de perlas de la foto. La última vez que bajó al sótano, una semana atrás, estaba. Y ahora no. Lo inquieta pensar que alguien también pudo estar hurgando. Se pregunta quién. Aunque le preocupa el collar, elige una enagua negra, la levanta con la punta de los dedos, cierra los ojos, huele con deleite un perfume que el tiempo no aplacó. Sus labios susurran: Mi amor, susurra. Mi amor, repite. A pesar de la tormenta cree haber distinguido un movimiento a su espalda. Guarda la enagua. Puede haber sido una rata, se dice. Retrocede, busca detrás de una pila de cajones. Está seguro de que nadie lo ha visto bajar. Sin embargo, desconfía y sigue buscando. Entonces la ve: Aniko está sentada entre dos pilas de cajas, agarrándose las rodillas, escondida. Aniko tiene puesto el collar de perlas.

56

Que mueran envenenados unos cuantos perros es más importante para muchos que los chorritos boleteados, que se rifen playas vírgenes. Lo que sí nos perturba es el olor de la basura. Nuestro olor. Es cierto que un crimen puede decir más de una sociedad de lo que esta puede decir de sí, pero pareciera que en nuestra Villa una definición de nuestro ser, suponiendo que haya uno, consistiría no en la investigación de las muertes sino cuándo habrá de esfumarse de una buena vez el olor a podrido. Según Greco, la suerte no está de su lado y el prójimo es injusto con sus desvelos por el cuidado, la protección y el desarrollo de los intereses de la Villa. En este punto, la adjudicación de los lotes del sur significa una inversión inmobiliaria que reportará un enorme beneficio turístico a la zona. Y en lo que respecta a la basura, se dice, Residual, la empresa recolectora, le ha jugado una mala pasada. La empresa podría haber sido más tolerante con respecto a la deuda. Estamos fuera de temporada y por más que aumente los impuestos municipales no logrará reunir los fondos para saldar la deuda. Para llegar donde llegó, se dice, hay que tragarse sapos. Y yo últimamente me los trago todos los días como un flan mixto. Además está ese recelo con el poder que todos tienen siempre con el que le va bien. Por supuesto, no solo cambié el auto sino que ahora tenemos dos en casa. También están los viajes solo a putañear con amigos funcionarios en Cuba y las vacaciones familiares en Miami. Y es cierto que allí tengo dos propiedades. No iba a poner los ahorros de una vida en este pueblo de mierda. Que conste, lo que yo hice son miguitas si se me compara con los que estuvieron antes en mi cargo. Greco marca un número. Moni no atiende. Ella está escribiendo. Y la escritura es sagrada: La combustión de la espera lo atormenta mientras ella escribe que el amante no soporta esa palpitación que alborota sus genitales, bulle en sus testículos y comienza a endurecerle el miembro, su glande se hincha. Se resiste a pajearse. Prefiere aguantar, el dulce dolor del suspenso.

57

Aquella noche se le había caído el revólver en el piso del micro. Y sonó como una herramienta. Se agachó para agarrarlo pero él le ganó de mano y se lo entregó. Apenas se acuerda de su cara, tenía unos rasgos afilados y una voz ronca. No fue exactamente amor, se acuerda. Fue ternura pero más, desesperación. Se acuerda de la oscuridad del micro, algunas luces remotas al pasar un pueblo. La muerte iba quedando atrás. Apenas hablaron, los dos huían. Era una noche de invierno en los años negros. Al bajar en la Villa fueron al mar. Todavía estaba oscuro, había bruma, el mar sonaba con un chapoteo monótono. En el bar desangelado de la terminal tomaron café con leche y medialunas. Estaba saliendo el sol. Un amigo le había prestado un depto a Dante. Le ofreció quedarse. La piba no quiso, le explicó que iba a tomar uno a Mar del

Plata y allí otro de vuelta. Y cuando volviera a Retiro, cualquier otro, uno a Misiones. Había zafado de una cita envenenada. Estaba desconectada de la orga. Pasaba las noches en los micros. Tenía un pasaje a Brasil en unos días. Hasta entonces pasaba las noches en los micros. Y fue todo. Y ahora, después de la visita del pibe, que no era tan pibe, se había enterado de que ella, después de Brasil, una comunidad hippie, después Nueva Orleans, viajó por la 66 embarazada. Después se colgó de la heroína. Hasta que recaló en Utah y se recuperó. Le contó al hijo su origen. Y ahora el pibe era ese tipo joven, Randy, debía tener cuarenta, que se le apareció en el local, casado, dos hijos, una nena y un nene. Era mormón. También vivía en Utah, trabajaba de vendedor de autos usados: Quería conocer tu jeta, le había dicho el hijo. Y eso fue todo. Después se subió a una cuatro. Y adiós. Good bye. Dante cada tanto saca del cajón un mapa de Utah y lo observa como si pudiera ver lo perdido. Desde que pasó el pibe cada tanto piensa en viajar a Utah. Un hijo, nietos. Es tarde, se dice. Piensa en los chicos, en las infancias, en los destinos. Se pregunta si la historia hubiera sido otra, si hubieran seguido juntos con la piba. Se pregunta cómo hubiera sido criar un hijo. Se pregunta qué padre habría sido. Se pregunta. Y se pregunta si. No puede cambiar la realidad. Dobla el mapa, lo guarda, saca la botella, le pega un trago. Prende un cigarrillo y escribe lo que tiene que escribir: la información del pibe Eric que se amasijó con una escopeta. No sabe cómo redactar la información. Trágico accidente en nuestra comunidad: Eric Del Corral, de once años, se suicidó el martes pasado con una escopeta. Los padres decidieron velarlo en la casa y luego enterrarlo en el jardín del patio trasero, situación que generó una seria polémica, aún sin resolver, entre el Concejo Deliberante, la iglesia Nuestra Señora del Mar y la organización Fieles de la Luz y la Casa del Abuelo. Dante va a eludir una versión de Virgilio: el padre del pibe dijo que en ese lugar el porro que ahí sembrara conectaría con los ángeles.

58

Pasada la agudeza del dolor, menos visible y menos expresado por los padres de Eric que por los vecinos que acudieron con congoja estridente al velorio y entierro en el jardín, una banda de hippies que corearon *Give peace a chance*, Dulce y Johnny habían recobrado su rutina. Johnny se levantaba tarde, tomaba unos mates, se colocaba, tocaba unos blues con la viola, después salía a dilear faso, tomaba cerveza con unos vagos en un bar de la terminal y hasta la noche no volvía. Dulce se levantaba tarde, tomaba un té de yuyos, fumaba desde la mañana temprano, se ponía a hacer sus artesanías, gnomos y elfos, dormía de a ratos. Escuchaba mucho a Karen Dalton. Chilla menos que Janis, decía. Karen llora para adentro. Moni la visitaba ahora más seguido. No se trataba solo de la piedad y la contención que pretendía darle. En principio, Dulce no parecía tomar el suicidio de Eric sino como una mano del cosmos. Hablaba de Eric como si estuviera vivo. Es más, le hablaba a Moni y a veces miraba al costado y le hablaba al finadito: Te voy a hacer una pasta frola, le decía. Y le voy a poner florcitas como a vos te gusta. Después, a Moni: Anda por acá el celestial. A mí me hubiera gustado haberlo llamado Demián, pero Johnny porfió con lo de Clapton. Moni le dijo: Si te hace bien, ahora podés llamarlo Demián. Moni la escuchaba. A los locos hay que darles la razón, pensaba. La abrazaba con cariño, le sostenía las manos, se las acariciaba. En verdad, aunque se mostraba cálida y comprensiva, a Moni le importaba solo una cosa: saber si Eric había roto el pacto de silencio con Lazlo y Aniko. Una tarde Dulce le contó que cuando fue lo de los perros Eric se puso a dibujar perritos en un cuaderno. Es que era un chico muy sensible, le dijo Dulce. No era de este mundo. Bajó a ver cómo era y no le gustó. En una de esas quiso irse con los perritos. Moni la abrazó: Debe estar jugando con ellos, le dijo.

59

No hace tres años que Roxana se afincó en Pinamar y puso consultorio: un departamento de dos ambientes, un espacio chico pero confortable y, lo principal, frente al mar. Ella prefiere sentarse de espaldas y que sean sus pacientes los que puedan ver el océano, que esa energía contribuya a hacerles apreciar la existencia relacionando el uno con el todo, el ser con el cosmos. Ella, sentada de espaldas y frente al paciente, se ve recortada por el sol porque no importa su rostro en sombra sino sus palabras. A los treinta y seis, separada, vino a Pinamar con la idea de una vida saludable que le presentara otras vivencias. Rubia, de ojos celestes, el cuerpo en forma, aerobismo, natación, pilates, gimnasia, modos encantadores, buen humor, siempre una frase aguda, se armó pronto un tejido de amistades y empezó a armar una agenda. Llamame Roxi, se presenta. La mayoría de sus pacientes son pacientas. Histeria, cuernos, trastornos alimentarios, desvalorización. Los tipos, por su lado, son de manual. A estos machirulos, no los deconstruís ni en un taller mecánico. Las mujeres somos una raza superior. Entre nosotras nos comprendemos: sororidad. Combinando a Freud con libros de budismo, y cuando es necesario pelar Lacan, sus sesiones tienen efecto. Cuando se corrió el rumor de su prestigio, empezaron a caerle también pacientes de la Villa. Le llamaba la atención la endogamia, que alguien le contara sus rollos con otro y el otro sus rollos con el anterior y así todos esos otros entrelazados que acudían a su consultorio eran una telaraña de culpas, envidias, traiciones, rivalidades. A todos ella les dice: Las cosas que creemos estáticas pueden moverse. No hay que aferrarse a vínculos negativos. Desde hace muchos años mi gran desafío es caminar entre lo blando y lo rígido, la entrega de corazón y la estrategia de la mente, el asombro y la exigencia. Roxi repite sus máximas una y otra vez. Y sus pacientas salen entusiasmadas del consultorio como de un tratamiento de belleza, repiten sus máximas por ahí, se las ve cambiadas y la promocionan. Los pacientes, por su lado, son menos enrevesados y lo que desean es plantar a la bruja porque están calientes con una cuñada o una vecina. Y no pocos le vienen con la intención de levantársela, pero ella es rápida para darles aire. Ellas se separan, encuentran un chongo, son felices, y si no va, la cortan y otro chongo. O chonga, si te cabe. La vida es movimiento, les dice ella. La ronda le depara una perspectiva de los dramas femeninos de la clase media de la costa. Nada que no se pueda arreglar con rivotril o misoprostol. La histeria se puede surfear con un amante o la insatisfacción menopáusica con el empleo cotidiano de un toy todas las veces que lo necesites. La enemiga más devastadora, explica, es la ansiedad. Y pregunta: Probaste con yoga. Como terrible puede aterrizarle un cáncer, y entonces, compasiva, tratará de enseñar el desapego: Tenés que soltar, recomienda. Bajá a la playa y pensá en vos, en tu tránsito, el pasaje a lo infinito. Lo genial de estar acá en la costa, reflexiona, es que estás bronceada todo el año. Y los hombres, aunque limitados, son facheros. Pero Roxi no se jugaría por uno del pueblo. Mar del Plata no está lejos y, en este aspecto, facilita una agenda. El timbre del portero la distrae de la lectura de las *Cincuenta sombras de Grey*. Un tipo de acento raro. Cuando lo tiene en la puerta es un hombre grande, no viejo todavía, rubio, corpulento, pero vencido, unos ojos asustados: Encantado, doctora. No soy doctora, licenciada. Tomasewski es tímido: la licenciada le parece joven. Él le tiende una mano enorme, curtida, callosa. Si aprieta fuerte puede quebrarle los dedos. Adelante, lo invita ella. Llamame Roxi, le da la mano. Y tuteame. A Tomasewski no le gusta el tuteo. Él esperaba una mujer más grande. Sin embargo, porque es judía le inspira respeto. Las judías son inteligentes, piensa. Es por mi hija, dice Tomasewski.

60

Como todas las medianoches, aquí estamos en *El diamante loco*, anuncia Johnny Del Corral en la Efeme del Mar, y sube Pink Floyd. Más por lástima que por talento consiguió el espacio. Tiene tres anunciantes, Helados La Gran Fresca que, vox populi, es de los Guerra, una familia de chorros intocables que tienen una mueblería, la disquería La Cuerda y la jeanería La Onda. Como todas las noches acá estamos con paz, amor y rock & roll, dice Johnny. La compasión de los anunciantes, obvio, se debe al suicidio de Eric. Habla de amor, de amor libre, los signos del zodíaco y la conexión de las almas puras como la de su hijo. Todas las noches le dedica un espacio a la memoria de Eric, un niño sensible que cumplió con su tránsito en el planeta. Y pone *Tears in Heaven*. Después recita unos versos del Tao y pasa a Allen Ginsberg o lee Jack Kerouac. Esta noche son bastantes los llamados de la audiencia, le piden temas y cuentan sus problemas esperando que Johnny les dé consejos. Johnny, con voz lenta, pausada, fumadísimo, les habla del tiempo y de Alan Watts, los siglos que tiene la muralla china, un ejemplo de sensibilidad, porque los chinos, milenarios, refinados, levantaron esa muralla para poner una barrera entre ellos, que leían y escribían, y los nómades incultos y feroces. Estamos en *El diamante loco*, aclara, el único programa a favor de la no violencia. El rigor histórico y las interpretaciones de Confucio que refiere Johnny dependen del porro. Pero esto no lo priva de su audiencia que, por el tono, también están colgados. *El diamante* dura horas hasta el amanecer, y

Johnny recolgado saluda al nuevo sol y hace una invocación a los seres del bien que están viniendo de otro planeta a rescatarnos. Junto al micrófono, las botellas de cerveza ya están vacías. Al abandonar la radio se despide del operador con una palmada y un beso a la locutora que viene con las noticias de la primera hora. Sale al día que va clareando con pasos que le cuestan en la arena. Está subiéndose a la moto cuando una trompada lo derriba. Johnny no termina de levantarse cuando una patada lo ciega. Te vas a meter ese diamante en el ojete. Los golpes lo doblan. Se arrastra, no puede siquiera darse vuelta boca arriba y ver bien quién es su atacante. Drogón de mierda, le dice el tipo que lo sigue pateando. Vas a dejar de venderles mierda a los pibes. Y esta es por Greta. Volvés a darle droga a mi hija y no la contás. Johnny, la cara ensangrentada, escupe los dientes. El doctor Piccoli, el abogado de la cooperativa eléctrica, le encaja una última patada en la cabeza. Estás avisado, hijo de puta.

61

Últimamente Lazlo se levanta apenas despierta. Domingo y el hotel duerme. Pasa por la cocina. Abre la heladera. Un sachet de leche agria. Verduras arrugadas. Unas cebollas. Pan lactal con manchas verdes. Encuentra una manzana verde en la frutera. La muerde, la encuentra ácida pero igual la come. Mejor que nada. Después sale a la mañana, el sol entre los pinos y los eucaliptos, escucha el alboroto de los pájaros, un concierto de trinos. Le gustaría saber de qué hablan, se los escucha contentos. Pronto la arena estará tibia. Se descalza. Camina las cuatro cuadras hacia la playa. Como siempre, subir un médano y ver el mar deslumbra, hace sentir a uno nuevo. Al mar se lo ve siempre por primera vez, alguien lo escribió, y no importa que Lazlo lo ignore: Al pararse en la cima del médano la visión lo limpia. La luz fluye por su cuerpo. Que la cana liquidara a esos guachis y el suicidio de Eric lo volvieron parco, más retraído y empezó a ser cauteloso, el mínimo crujido de una rama lo alarmaba. Tenía que vencer el miedo, se decía. Desde la muerte de los pichos y la de Eric, prefiere dormir con anteojos para distinguir lo que es sueño y lo que no. Aniko duerme, tiene una respiración suave, debe estar soñando algo lindo. Después de todo es la que menos participación tuvo en las acciones del Club de la Piel de Judas. Que los guachis, por plagas que fueran, terminaran boleteados en lugar del Club no lo tranquiliza. Y este sentimiento se le reforzó después del escopetazo de Eric. Está bien, Eric siempre fue fumador pasivo de porro y la madre le cocinaba con hongos. Vaya a saber uno cómo le picó el miedo. No puede quitarse de la cabeza lo que no vio, la escopeta, el estampido, los sesos desperdigándose en el aire de la noche, el olor de la pólvora y la quietud del bosque, un búho. La escena lo persigue. En una de esas fue mejor que se suicidara. Porque, Lazlo se lo dijo a Aniko, en algún momento el bocotas contaría. Aniko le dijo: Era un pobre chico. Y Lazlo, indignado: Vos haciéndote la santita. Y Aniko: Y si soy santita, qué. Lazlo estuvo por sopapearla. Santita o boba, su hermana siempre estaba lejos de todo, hasta de ella misma. Él, en cambio, se da cuenta, estaba dotado de fuerzas para grandes hechos que sacudirían la humanidad. Sus nervios no son otra cosa que signos de su temple que terminará afirmándose. Ya se verá quién es él. Al bajar el médano divisa una aleta cortando la superficie del agua. Avanza rápida. Lazlo corre hasta la espuma en los tobillos. La aleta se sumerge. Y si él no pudiera ser otro que un tiburón, entonces qué.

62

Ella no puede reprimir el surtidor que le brota cuando la pija enhiesta se aparta unos segundos de su interior. El goce fulgurante la enajena, sudorosa aúlla como una perra y, se dice que es una, una perra en éxtasis, entregándose y ofreciéndose, le mana ese chorro que baña al amante a la vez que lo enardece, la toma de la cintura, la da vuelta, la dispone en cuatro y la penetra por atrás, el culo se le abre gozoso y vuelve a chorrear, escribe Moni desnuda, se toca las tetas, pasa un dedo ensalivado por los pezones, no se quiere distraer con la calentura que proviene de las palabras que le manan como el chorro de su protagonista, no debe interrumpir el fluir de la narración porque se dice, si con su escritura puede transmitir esto que experimenta, el goce de la literatura y no solo, seguramente sus lectores arderán, los puede imaginar, hombres, mujeres, jóvenes, todos afiebrados por la ansiedad procedente de la narración, pero no solo: es una urgencia animal que los impulsa al agite solitario, aunque no están solos, ella los acompaña, lame sus eyaculaciones, bebe sus expulsiones líquidas, el retorcerse en el sumun de un vértice que arroja al abismo, se dice, y chupa un dedo, el dedo que se introduce. Se pregunta si su novela obtendrá una multitud de lectores y se pregunten quién es ella, la creadora de semejante lascivia colectiva. También se pregunta si debería firmar la obra con su propio nombre, capitalizar el escándalo, ser best seller. Cuánto percibirá con sus derechos de autora, la fama, viajes. La puerta a su espalda se entreabre y la voz de Aniko: Mami. Moni se corta, Aniko entra en el cuarto, llora, la sangre le baja por debajo de la pollera, resbala por sus piernas: Una hemorragia, mami. A Moni le enternece la sangre de Aniko: Vení, amor mío, le dice. Y la madre abraza emocionada a la hija: No te vas a morir. Le seca las lágrimas: Mamá te va a explicar. Ahora viene lo mejor.

63

Están sentadas frente a frente, una frente a la otra, calladas. La luz radiante ilumina el consultorio. Roxi tiene una camisa blanca, jeans desteñidos, sandalias. Elsie lleva un vestido de flores pequeñas sobre un fondo celeste claro que la aniña. Y un saquito azul. Calza unos mocasines. Elsie pasa los dedos tronchados de su mano derecha sobre la mesa transparente que las separa. Esta es la sexta sesión y aún Roxi no sabe cómo hacerla hablar. Para los chinos crisis significa cambio, Elsie, le dice. Sufrimos cuando creemos estático lo que se mueve. Quien se anima a salir de su cueva encuentra la luz. No hay que quedarse pegada a la frustración. Tiene que haber un instrumento con el que puedas expresar el mensaje de amor que trajiste a este plano. Elsie no dice nada. No hay caso, Roxi no encuentra palabras que puedan extraer del mutismo a la hija del ferretero. Elsie permanece rígida frente a ella y, a veces, se inclina hacia un lado evitando la imagen de Roxi que le recorta el paisaje. Se inclina a veces hacia la izquierda, a veces hacia la derecha. Mira el mar detrás de Roxi. Contame, le pidió Roxi apenas entró la paciente por primera vez. Elsie bajó la cabeza un rato larguísimo y después miró a Roxi. Fue una mirada corta pero penetrante. Y bajó la cabeza. Desde entonces Roxi no puede sacar los ojos de la mano de Elsie, sus dedos rotos que se mueven apenas, torcidos, como ganchos que apenas se flexionan. Al observarlos, piensa en los propios y no puede evitar agarrarse una mano con la otra y hacer sonar como nueces los suyos y se arrepiente. Mira la hora. Ya pasaron casi cincuenta interminables minutos. Te comieron la lengua los ratones, se exaspera con una simpatía falsa. Elsie calla. No vas a hablar, dice Roxi, resignada. Roxi se para: Bueno, es la hora. Dejamos por hoy, querida. Estoy segura de que nos vamos a llevar bien. Elsie mira el mar, no le presta atención. Abajo, estacionado, la espera el rastrojero.

64

Aunque lo interpelan en el Concejo Deliberante, Greco sostiene que no tiene nada que esconder, nadie le cree y menos Nancy, que también trabaja en su casa, una enorme construcción de estilo nórdico frente al mar. Es cierto, la casa es tan vasta que sus moradores se pierden, lo cual tiene su beneficio, piensa Nancy, porque cuando dos se topan empieza el gallinero. Por su magnitud, no disimula la fortuna de Greco. Y tampoco la Ford Ranger de Greco, el Mercedes de Mariana, su mujer, la Harley de Mariano, el hijo mayor, el tatuado, no pasa tampoco desapercibida la Suzuki de Malena, la hija, la querubina de papá. Cuando la Harley ruge por ahí todos comentan con ironía que ahí va un futuro intendente, lo cual no sería improbable en una época en que los descendientes del poder continúan la carrera de sus padres. Mariano apenas sabe leer y escribir y no parece tener otra inclinación que los fierros. Malena, menos burra que su hermano, está terminando a los ponchazos el secundario y sueña con la carrera diplomática. Nancy sabe dónde guarda la merca Greco, dónde el porro su hijo, dónde los fármacos su mujer, y dónde la nena sus píldoras clandestinas para adelgazar. Un asco la nena porque anda comiendo porquerías todo el tiempo y después vomita dejando el baño una inmundicia. Nancy revisa y hurga en placards, cajoneras y hasta en los bolsillos de todos y si encuentra un billete se lo guarda, que nadie se va a dar cuenta. Esta mañana, como siempre, vino temprano y empezó por la planta alta. El matrimonio, para variar, discutía. Cómo podés juntarte con ese asesino, decía la mujer. La Villa entera sabe que esos chicos eran inocentes. Estás loca, le contestó Greco. Barroso es un tipo que tendrá sus defectos pero mantiene el orden. Si en la Villa no tenemos descontrol se lo debemos a Barroso. Y ella: Explicame los chicos baleados, Eduardo. Y Greco:

Qué querés que te explique. Y ella: Cuando el río suena agua trae. Y él, conteniendo el grito: Basta. Mariana no necesita levantar la voz: No me jodas. Cortala, le contesta Greco poniéndose un pulóver al revés: Por qué no me chupás un huevo. Mariana, con sarcasmo: Porque no se te para. Y Greco: Con vos no se me para. Es al revés, le dice ella. Al revés qué, le pregunta Greco. El pulóver, sonríe ella, te lo pusiste al revés. Nancy, del otro lado de la puerta, escucha un bife. No sabe quién le dio a quién. Después el patrón sale como tromba. Tiene un cachete colorado. Y casi se la lleva por delante. Baja las escaleras hecho un tornado, patina, casi se cae. El portazo en la puerta grande, la que da al mar. El arranque de la cuatro. La patrona llora. Lo peor de esta mañana, se dice Greco, es que no puedo abrir las ventanas del despacho porque sube el olor de la basura.

65

Llueve. Desde la ventana de la cocina Lidia mira la lluvia en la variedad de plantas y flores del jardín. Hacía falta una buena agua, dice mientras pasa las milanesas por el huevo y después por el pan rallado. A Virgilio las milanesas le gustan fritas, pero Lidia no le da el gusto. Que el colesterol, que la presión, que el hígado, dice ella y Virgilio prefiere no llevarle el apunte, sigue las noticias del mediodía en Canal Del Mar. En los intervalos del informativo, hay cámaras fijas enfocadas en distintos puntos de la Villa, el centro, el muelle, la rotonda, el bosque. Nadie en los paisajes que la lluvia torna borrosos. Lidia le pregunta: Te dijo algo Dante de los que mató la policía. Virgilio no le contesta. Sigue atento los paisajes. Hay un corte publicitario: Corralón Carrara, Tienda La Nueva Ola, Supermercado Tiene Tutti, Ropa deportiva All Sports. Qué me va a decir Dante, dice Virgilio. Conversador no es el hombre. Lidia sigue: Pasás el día llevándolo, dice. Y acomoda las milanesas en la fuente y la manda al horno. Al puré ponele pimienta, dice Virgilio. Sin embargo a mí me llegó que la policía tuvo que ver, dice Lidia. Alcanzame el descorchador, le pide Virgilio. Y ella se lo pasa: No tomés mucho que después tenés que manejar, dice Lidia. Después me voy a tirar un rato, dice Virgilio echándole soda al vino. Con esta lluvia no quiero salir, la Villa es un pantano. Ya seguimos con las noticias, dice Rudi, el periodista del noticiero: La lluvia sumó un nuevo inconveniente a la problemática residual en nuestra Villa impidiendo que los vecinos los quemen. Si bien el fuego no es la mejor solución, atenúa en parte la pestilencia que emana de los enclaves de acumulación. En calles anegadas, donde las precipitaciones originan auténticos torrentes, acá lo vemos en pantalla, los residuos flotan impulsados por la pendiente hacia el mar.

Pasame la pimienta, Lidia. Algo más, le pregunta Lidia. Y Virgilio: Después de comer, no te tirarías un ratito conmigo.

66

El Vocero sale los viernes, y este viernes, en tapa, se lee: Brutal agresión a joven conductor radial. Apenas se distribuye el periódico, el primer llamado que le entra a Dante es el de Greco. A vos te parece cómo me hacés quedar. Investigá, hijo de puta, antes de hablar al pedo. No tengo bastante con la basura que me venís a victimizar un falopero. Por estas pelotudeces amarillistas te voy a sacar toda la publicidad. Por traidor te vas a quedar en la calle y nadie te va a tirar un hueso. Greco no le da tiempo a responder. Le corta. Dante prende un cigarrillo. Y el teléfono otra vez, ahora Barroso: Sos una mierda, Dante. Ese drogón era dealer. Y un quemado. Si está en el hospital, que se joda. Se lo merecía el turro. Enterrar al hijo en el jardín. Fumón sorete. Tiene un expediente por lo del pibe. Si se me llega a armar quilombo en la Villa, te parto. Y te aviso, si me entero de que estuviste otra vez garchándote a la Colorada, perdés. Barroso corta. Dante prende un cigarrillo con el anterior. Tose. Desde hace unos meses tose. La verdad siempre jode, piensa. Y no es la primera vez que Greco y Barroso lo aprietan, hasta ahora sin consecuencias. Otra vez el teléfono: Cómo estás, le dice Moni. Dante le contesta: Sobreviviendo. La voz de Moni es incitante. Qué tono afligido. Por qué no venís esta tarde. Hugo está en Mar del Plata. No sé de dónde sacó la plata para timbear ni quiero enterarme. Gracias por la invitación, le contesta Dante. No voy a ponerla donde la ponen esos dos, piensa, pero no lo dice. Y esta vez es él quien corta. Pero después del mediodía se nubla. Seguro seguirá lloviendo. Cierra el local y va a Pocker por un sánguche y una cerveza. En la tele está Rudi, con su estilo dramático. Informa que Johnny Del Corral, un apreciado colega, fue agredido en la mañana temprano de ayer tras finalizar su tan popular programa *El diamante loco*. Por su gravedad, una conmoción cerebral además de múltiples lesiones óseas, será trasladado de urgencia al Hospital Interzonal de Mar del Plata. Dante paga y se va, empieza a caminar sin rumbo. Pero sus piernas son independientes de su voluntad. Mientras caen las primeras gotas empuja la tranquera de la parte de atrás del hotel. No soy mejor que esos dos soretes, piensa. Tobi tiene un nylon negro protegiéndose de la lluvia. Empuja una carretilla con ramas. Dante lo ignora. Moni lo espera desnuda: Estaba escribiendo, le dice. Dante la deja hacer. No hay nada que no cure un buen polvo, querido, le dice ella. Esta mañana ya no volverá sobre la novela.

67

En la noche tormentosa de Mar del Plata el pibe flaco, anguloso, no debe tener más de veinte, con tanta pinta de desahuciado como el padre, viejo, sin piernas, a su lado, en silla de ruedas. Los dos bajo la recova, a reparo de la lluvia, tienen delante una mesita plegable en la que exponen baratijas, pulseras, collares, anillos y algunos relojes. Esterházy siente asco, desprecio y lástima. Y el día promete lo peor. No está dispuesto a volver a la Villa en estas condiciones. Se apoya en una columna. Una ráfaga de viento lo despabila. Le gusta venir a esta ciudad, caminar la costanera, el mar y su amplitud que se extiende al infinito. Pero si se hubiera quedado en el mirador, ante la tela en blanco, su ánimo sería peor. Cada una de sus corazonadas ante la tela que mide como él con los brazos abiertos concluyó en amargura, frustración y después perderse en algún boliche de paisanos crotos y empedados. Si el arte es un capricho de la suerte, piensa, el juego no lo es menos. Se sube las solapas del impermeable. Padre e hijo están callados. No tienen nada que decirse. Cuando se ha perdido tanto, se dice, se pierden hasta las palabras. Los dos, la cabeza baja, quietos. Aunque no cree en la piedad y piense que si uno quiere salvar a los caídos no debe darles limosna sino rebencazos así tocan el fondo y reaccionan. Se acerca despacio, observa los relojes. Todos de marca, amigo, le dice el pibe con una sonrisa que ni él mismo se cree. Finura a buen precio, dice el padre. Esterházy sopesa un reloj. Rolex auténtico, le dice el pibe. Esterházy se pregunta si será falso o robado. Hay una sola forma de averiguarlo. Lo agarra y se lanza a correr. El pibe vacila si correrlo o dejar al padre. Lo corre. Y el padre, en su silla, también. Esterházy corre, cruza la avenida. El pibe viene atrás. Se oye una frenada. Un ómnibus atropella al hombre en la silla, ahora desparramado en el asfalto. La silla es un amasijo de metal retorcido. Una rueda gira. A pesar de la lluvia algunos acuden a asistirlo. El pibe se frena. No sabe si seguir tras el chorro o volver por el viejo. Esterházy corre unas cuadras, se da vuelta, se para en un negocio de empeños, normaliza la respiración y después entra. Aunque le den una miseria será suficiente para entrar otra vez al casino.

68

Aniko había rescatado del sótano un *I Ching* húmedo y mordido por las ratas. Lo puso a secar al sol. Convenció del poder adivinatorio del libro primero a Greta, la hija de Piccoli, el abogado de la cooperativa eléctrica. Y después a otras compañeras del colegio. Como suele ocurrir, cada una le atribuía al hexagrama el significado profético hacia eso que las desvelaba. La fama de pitonisa de

Aniko fue aumentando, a partir de Greta, y la repercusión en su padre, que venía pensando mandar a la nena a una granja de recuperación. Pero según el *I Ching*, la fumona Greta estaba cerca del recto camino. Cuando su padre consultó a Aniko, el libro le sugirió que debía meditar en el trabajo echado a perder por el padre. Un acceso de culpa detuvo su decisión de internar a Greta. Greta había empezado a mostrar más interés en clase y se esforzaba en parecer atenta. En verdad, su promisoria recuperación no se debía tanto a su voluntad como a la amenaza paterna. Los amigos rehusaban convidarla y los dealers venderle. Greta se volvió inseparable de Aniko y pasaban las tardes de sol juntas con el libro. Como a veces conseguía paraguayo, el cuelgue la ponía en estado de mansedumbre y su amiga le resultaba una shamana. Con lo que sabés tendrías que cobrar, Aniko. Su timidez, la delicadeza de sus modales, esa forma de desplazarse con un aire de estoy acá pero no mucho, indujo a que muchos pensaran que la piba rara de los Esterházy, misteriosa, con su libraco podía predecir el destino de los demás. Según Moni era muy espiritual y si no hablaba mucho, era porque cultivaba el silencio interior. Cuando se enteró de que había vecinas que la consultaban empezó a preguntarle cuánto había sacado hoy y si le podía dar unos pesos para poner algo en la heladera. Y le advertía: Que no se entere tu padre.

69

Qué iba a ser ecologista el viejo Don Karl, dice Fonseca, el dueño de Fotomar, acodado en el mostrador del bar. Lo de ecologista da para discutirlo: creó un bosque vastísimo pero empezó a lotear el balneario de amigo a amigo y hoy es el sitio turístico más importante de la costa después de Mar del Plata. Cincuenta mil habitantes, ponele. Mirá la línea de edificación de la costa, dice Fonseca y, más que probable, acierto con la cifra. Será por su ojo de fotógrafo que le interesan los mínimos gestos de alguien, expresiones que se nos pasarían por alto, y ni hablar de su poder de clasificación de fotos de cualquier época. Su archivo es la memoria visual de la Villa. Y también su retratista oficial, en particular las cuatro por cuatro fondo blanco para documentos. Y cuando cuadra, el fotógrafo de la departamental con el malandraje de frente y de perfil. Uno de los fotografiados que más recuerda es el Canoso Silva, el hermano del Bichi, uno de los pibes boleteados por la cana. El Canoso, en oportunidad de ser fotografiado, se reía y posaba haciéndose el payaso: imposible que se quedara quieto, que no guiñara un ojo ni sacara la lengua. Barroso tuvo que pegarle un rebencazo para aquietarlo. Dicen que era canoso ya de chico el Canoso, que encaneció cuando achuraron por una deuda al padre. Delante suyo lo achuraron. Quedó con el pelo blanco el pibe. Si no habrá hecho fechorías el Canoso. Y ahora, que salió de Batán pasando los cuarenta, anda por ahí, diciéndole a cualquiera que va a hacer cagar a los ratis que se limpiaron al hermano. Y pone una nueve sobre el mostrador del boliche de doña Mariucha: Guardá eso, nene, a ver si lastimás a alguien, le dice la patrona. Y el Canoso, aunque picado, le obedece. Vos sos la madre que no tuvimos con el Bichi, opina el Canoso. Y guarda el fierro.

70

Aniko tiene quince y Lazlo dieciséis y, aunque sean chicos, no lo parecen. Lazlo, estudiando el ajedrez y leyendo como lee, está demostrando que tiene una inteligencia propiciadora de algo que todavía no cobró forma. Su autor favorito es Roberto Arlt. Si bien a Moni le resulta difícil pensarlo adulto, confía en su intuición mientras ella escribe y Lazlo estudia en su cuarto cómo preparar una bomba molotov, lo que explica por qué últimamente guarda botellas en el sótano. Y Aniko, piensa Moni, tan sensible y espiritual, poseedora de un alma cósmica. Además tiene una figura estilizada, un modo de ser fina que hace pensar a Moni que su hija puede tener un porvenir como modelo: solo se trata de que la descubran. A partir de ahí un porvenir estelar. Y a esta altura, pasados

unos meses, Moni ya da por agotado el accidente, porque considera un accidente el envenena-
miento de los perros y el asesinato de pibes mar-
ginales. Es que, se lo quiera ver o no, hay vidas
de primera y vidas de segunda, y esos pobres pibes no tenían otro destino que el que tuvieron,
un destino que los estaba esperando y, si se ana-
liza con frialdad el asunto, si sus propios hijos
precipitaron ese destino, hubo un aspecto cari-
tativo en el hecho: les evitaron a los gorritas un
rosario de calamidades y sufrimientos. Nada es
casual, ni la muerte que tuvo Eric, el hijo de los
fumones. Que no la critiquen como madre al
criar sus hijos con libertad, son buenos chicos.
Moni encuentra ante cada problema una razón
que legitima, tal como el deseo precipita ese beso
entre dos amigos, un beso de aliento contenido,
mordisco de labios, lenguas lascivas, dedos ensa-
livados giran en torno al glande y dedos que bus-
can el culo, y surgen las primeras gotas que se
harán chorros en las bocas, el contoneo de los
cuerpos fusionados, los jadeos. La birome escribe
sola.

71

    Cuanto más se aleja uno de la Villa los méda-
nos se vuelven más altos. Lazlo camina descalzo
por la orilla mojándose los pies en la espuma. No

siente el frío. Le gusta andar por acá, en los confines y la soledad. Le gusta subir a un médano, el esfuerzo requiere además concentración para no caerse rodando. Lazlo es flaco, pero aguanta el viento en contra. Hoy tiene expectativa en alcanzar el vértice, se le juega algo personal. No le importan ni el cielo tormentoso ni el viento fuerte y tampoco que los anteojos se le humedezcan. Subir el médano tiene bastante de conquista. Piensa en el ingeniero Alfred Nobel. Ha leído una biografía del inventor. Nobel había inventado la dinamita. Y más tarde, arrepentido por las consecuencias, la muerte de millones, invirtió su fortuna en proponer un premio cuantioso a quienes reportaran un beneficio para la humanidad, científicos, intelectuales, escritores. Para Lazlo este premio es un desperdicio. Si él fuera Nobel, invertiría su premio en talentos como un joven Lenin o un Hitler precoz. Estos dos lograron lo inconcebible, sacaron a relucir el mal que las masas reprimían. Y el mal se expandió como una epidemia. Haría también falta una buena epidemia para que afloren los sentimientos más bajos. Después de todo, la bondad es una ilusión de descerebrados. La destrucción es la que hace avanzar la historia. Ignora cómo será ese mundo nuevo. Sin duda, de lo que está seguro es que será un mundo más sincero. La caza será un deporte universal. Realizarlo implicará un meticuloso plan de ingeniería social. Mira a su alrededor. La bruma se va despejando. Entonces saca del bolsillo interior de la campera la botella de coca que estuvo preparando. La besa, prende la mecha y la arroja lo más lejos que puede. La molotov vuela. El estallido, el fuego, las llamas esparciéndose.

72

Y me prohibieron enterrarlo junto a Eric, dice Dulce. Pero no les hice caso. Yo quería sus dos almas juntas, Moni. De fondo está la cítara de Ravi Shankar, la música que la acompaña todo el tiempo. El problema es que no puedo dejar de fumar, todo el día estoy fumando. Mirá, hay tucas por toda la casa. A veces pongo sahumerios, pero el pachuli creo que condensa el perfume del porro. Moni no dice nada, piensa que lo más conveniente es dejar hablar a Dulce, que haga su catarsis. Habla mucho sola, le cuenta. Hablo con ellos. Están por acá. Las almas puras no abandonan a los seres queridos. Están cerca. A veces Johnny lo trae a Eric de la mano, riegan las flores. Son dos divinos. Eric es un niño índigo, tiene poderes sensoriales y consigue el milagro de conectar. Vení, acercate, amiga. Moni se le acerca. Ahora estamos solas, dice Dulce, Eric no nos mira. Y si nos ve, no me preocupa. Fue educado en la libertad. Querés una seca, dale. Moni le da unas pitadas. Y Dulce busca el beso. Moni no viene a visitarla por solidaridad. Su interés está en la experiencia sáfica que necesita para su novela. Quiere ser más precisa, dominar el conocimiento de la otra y de sí misma. Sabías que te quiero mucho, le dice Dulce. A mí no me importa lo que hacés con los hombres. El amor es desapego, amiga. Y yo estoy enamorada de vos. El beso de Dulce al principio es dulce como su nombre, después cada vez más lento, más fogoso. A Moni el porro le pega fuerte. Dulce le desabrocha el vestido. Ahora más que nunca Moni debe estar atenta a los detalles. Los detalles lo son todo. Se deja llevar. Dulce le lame tiernamente un pezón.

73

Un viernes, desde la rotonda, avanzan hacia la municipalidad un grupo de no más de veinte mujeres y hombres, más pibas y pibes. Tienen un cartel: Qué pasó con nuestros hijos. Otro con las fotos de los tres chicos: Justicia. Son gente de La Virgencita y El Monte. Desde una vereda el Canoso los observa pasar. Despacio a la marcha se van sumando más. La mayoría, mujeres y adolescentes. Dulce se une con una sonrisa beata, también trae un cartel, una hoja canson con letra suya: Justicia para Johnny. Cada vez hay más pibas y pibes. Todos somos Johnny. Y hay más: Yo soy Sultán, dice una pancarta con la foto de un dóberman. Y más aún: Extrañamos a Chungui, y la foto de un pitbull. Otros carteles nombran a los pibes muertos. Cana asesina, dice uno. Justicia para nuestros chicos. No son más de cincuenta manifestantes, pero la confluencia de las causas despierta adhesión y de los comercios sale gente a aplaudir. Desde la oficina de Greco, Barroso estudia la situación. Greco está más que asustado, pero disimula: Los cagaría a palos. Barroso lo carga: No te agrandés. Greco, nervioso: Y ahora qué, pregunta. Y Barroso: No pasa nada, no va a pasar nada. Dante va a poner en el diario «Enorme multitud en protesta» o una boludez por el estilo. Y en una semana pasa otra cosa y se olvidan de esto. Y es como dice Barroso. *El Vocero* titula: «Marcha multitudinaria exige justicia». Y abajo: «Un número importante de personas, entre los que se destacaban habitantes de La Virgencita y El Monte, amigos y parientes de los chicos abatidos por la policía de nuestra ciudad, acusados del asesinato masivo de perros, más un sinfín de jóvenes seguidores del fallecido locutor Johnny Del Corral, marcharon hacia la comuna local exigiendo justicia. Entre los descontentos se la pudo ver a Dulce del Corral, viuda de Johnny, el periodista de rock que con su prédica pacifista se convirtió en representante de los jóvenes». Dos días después Barroso, chueco y lento, sacando más panza que pecho, entra al despacho municipal y le tira el ejemplar de *El Vocero* a Greco: Te dije, el pelotudo hoy se hace el Walsh. Y mañana todos se limpian el culo con su pasquín. Greco se exaspera: No le voy a poner más un mango de publicidad. Y Barroso: Calmate, boludo. La estrategia precisa es no mover un dedo, mirar para otro lado. Ya va a pasar algo que distraiga. Y, en efecto, pasa. Unos jubilados en un chalecito del sur de la Villa son torturados y asesinados. Los criminales buscaban el dinero que suponían obtenido por medio de la venta de un terreno, pero se equivocaron. El jefe Barroso declara que el hecho no quedará impune, los individuos ya están identificados.

74

Elsie no tenía ganas de venir hoy a sesión. En verdad, nunca tiene ganas. Y si lo hace es para no decepcionar a su padre, que la espera abajo en el rastrojero. El día empezó nublado, con probabilidad de tormenta hacia el mediodía. A Elsie al escuchar el informe meteorológico, le parece que hablan de ella sentada aquí, frente a esta mujer que parece estar de vuelta de todo haciéndose la hermana mayor: Mirá, Elsie, al principio no es fácil, pero si probás en ir cambiando pequeñas cosas te vas a descubrir otra. No digo solo cortarte el pelo, pero es cierto que el cambio exterior induce al interior. Elsie mantiene la vista baja y cuando levanta los ojos le echa una mirada furtiva a Roxi que, cuanto más se empeña en hablarle, más ella se retrae. Para que los otros gusten de vos, vos tenés que gustarte. Elsie asiente. Es un primer gesto en mucho tiempo. Y Roxi lo piensa no como un logro de la paciente sino como propio. La alienta: Si estás en crisis no tiene nada de malo. La crisis es cambio. Es la oportunidad, tenés que aceptarlo y resetearte. Elsie asiente otra vez. Está segura de que si se hace la obediente antes se la va a sacar de encima. Te voy a dar un ejercicio, Elsie. Cuando llegues a tu casa, ponés velas, un sahumerio. También una música que vaya con el ambiente. Te parás ante el espejo desnuda y empezás a observarte, a ver qué partes te gustan y no te gustan. Descubrite. Todos tenemos una belleza que no sabemos cómo encontrar, querida. Elsie se mira los dedos. Roxi le toma las manos, le besa los dedos: A ver esa hermosura que tenés adentro, Elsie. Mostrásela al mundo, le dice. Elsie baja a la calle con las manos en los bolsillos del tapado. Tomasewski se vuelve hacia la hija: Y, le pregunta: Cómo estuvo. Todo bien, pa, le responde ella. También con el padre aplica el fingimiento: Mejor, dice. El rastrojero avanza por la ruta. Las primeras gotas en el parabrisas.

75

En los años treinta, en Pakistán, el arqueólogo John Marshall encontró un sello con figuras. Se destacaba una con cuernos y las piernas cruzadas. Su origen probable estaba en el valle del Indo y la fecha podía situarse en el siglo XVII antes de Cristo. Marshall creyó ver una figura antropomorfa y en su posición el mensaje de un saber. Este sería uno de los orígenes atribuibles a la doctrina del yoga. Desde entonces esta adoptó conceptos filosóficos. El yoga no solo incluye la idea de un dios personal en su visión del mundo metafísico. También afirma que Dios es un modelo sobre el que se debe meditar. El objetivo del yoga es la liberación del alma con la materia a través de la conexión con lo que es eterno más allá de esta realidad temporal y perecedera. A Mariana, la señora de Greco, que odia el señora de, le cuesta absorber la historia y los conceptos. Aunque no tiene memoria para los nombres, se esfuerza sobre los libros que le recomienda la profe. Desde que empezó a practicar yoga con Delfi, la profe más grosa de la Villa, dice, su vida cambió y sale a meditar en la playa todos las días, al amanecer, aun en invierno. Baja a la playa abrigada y envuelta en una manta hindú, adopta la posición del loto, cierra los ojos, respira, y es otra y nada la distrae, ni siquiera los perros de playa piojosos que la merodean, la huelen. Igual, hay días en que su espiritualidad se le torna dudosa al putear la roña que su marido le trae a casa. Es cierto que si se separase le tocaría una buena tajada de ilícitos que ella podría denunciar, pero duda: tiene que pensarlo bien. En estos días se siente por fin preparada para dar un gran salto, despojarse de las trampas del materialismo y tomarse el primer KLM a Bombay. Agustina, su mejor amiga, la mujer de Damonte, el secretario de Planeamiento, ya hizo el viaje y, además de traerse unas telas fantásticas, volvió cambiada. Fue ella la que, al verla derrapar en su matrimonio, le recomendó ir a lo de Delfi, que es una seda con corazón de jade. La basura no importa, mi amor, le dice una tarde Agus mientras toman un lapsang. La basura es un velo que distrae de lo importante, Mariana. Tendría que preocuparle más la licitación de los terrenos del sur, sigue Agus. El problema de la basura es una pavada, una pantalla para no ver el corazón de la matufia: la licitación de esas tierras vírgenes del sur que se suponen intocables. Cuánto tengo que meditar, piensa Mariana.

76

Cuántas almas viven en este pueblo. Aunque no es una cifra que impresione, los delitos que se cometen no son ni más ni menos ni peores que aquellos que suceden en la ciudad. La diferencia entre ambas consiste en que quienes viven en una ciudad se enteran temprano de la ferocidad humana por la radio o la tele. En nuestra Villa, los delitos saltan lento. Quienes vivimos en la Villa nos enteramos por el rumor, el boca a boca, antes que por los medios. Efeme Del Mar y Canal Del Mar llegan tarde al escenario de los hechos que pueden escandalizar o espeluznar. Si alguien te vio en alguna, es probable que se haga el distraído: no conviene ser testigo ni de un adulterio ni de un robo. En el primer caso se corre el riesgo de que un marido iracundo agarre un fierro. En el segundo, el peligro de que los chorros te hagan boleta. Estos dos ejemplos, el adulterio y el robo, pasaron a ser naturales en nuestra Villa. El adulterio, por su característica, la confidencialidad, se desarrolla en el silencio de las siestas, cuando los maridos no se encuentran en sus domicilios. El robo puede atribuirse a un descuido en la seguridad de una vivienda, una puerta sin llave, una cerca fácil de burlar o bien por la intrusión de los delincuentes, y en esta clase de acto, la violencia opera desde el vamos y tu vida corre peligro. La inseguridad, una problemática que aqueja tanto a quienes viven en zonas residenciales como el Barrio Norte o en el Sur y alrededores del muelle, proviene de La Virgencita y El Monte, los asentamientos, las zonas a las que se adjudican todos los males. Quejarse de la droga es ridículo porque todos consumen. En los últimos años, cada tanto, hay un allanamiento para demostrar que nuestra policía, la bonaerense, comprometida con la distribución, sostiene que se ocupa de esta inquietud de los vecinos. El maltrato y el abuso no son patrimonio de ninguna clase. La clase media guarda cautela con respecto a estas cuestiones. La jueza Armendariz le alcanza a Dante un informe sobre el abuso infantil. Viene a verlo con un brazo enyesado y un expediente. Qué te pasó, Paula, le pregunta Dante, en voz alta porque no oye bien y cree que los demás no lo escuchan bien. Esta mañana tiene un ojo vendado, la cara machucada. Ella, asombrada: Por qué gritás. Dante le pide: Hablá más alto. Me caí y se me jodió la audición. Se pone un cigarrillo en la boca, tiene los labios partidos. Ella mira su yeso: Me caí.

77

Después de días de cielo nublado, llovizna y frío, un domingo soleado cambia el ánimo. Las hojas amarillas alfombran las alamedas, brota el verde en las ramas, los pájaros conversan. Un despertar de la naturaleza en su plenitud. Esterházy, que anoche se quedó volteado por la ginebra en el sillón del altillo, se incorpora con el estómago revuelto. El sol lo ciega un instante. Y al abrir los ojos, ahí está la tela en blanco. Como todas las mañanas que despierta tras una curda en el mirador, al abrir los ojos y ver la tela permanece un rato reflexivo. Pero la luz que entra hoy es distinta. La luz de esta mañana le devuelve una esperanza. Pasea una mirada lenta por el lugar. Baja las escaleras, entra en la cocina y sorprende a un ratón que se esconde bajo el horno. Esterházy se prepara un café negro, caliente. Ahora cree ver la obra con más precisión. Si fuera un formalista, dibujaría unos apuntes, él hace tiempo que se mudó a la abstracción. Y al elegir la abstracción eligió un riesgo, caminar por el desierto. El sol brilla sobre los frascos de pintura, los pomos, los pinceles, las espátulas. El olor del aguarrás lo embriaga. Por la ventana llegan los pájaros, un gato blanco se asoma y es una buena señal. El aire frío es estimulante. Cruza el bosque, sale a una de las alamedas que conduce a la circunvalación y va hacia el boliche de Mariucha. Hay dos borrachos dormidos sobre una mesa. Mariucha pasa un trapo húmedo por el mostrador. Empezamos la mañana, lo saluda. Esterházy está por encima de las chicanas: Quiero brindar por este día. Tengo la imagen. Mariucha quiere saber: Ya pintaste. No, le dice Esterházy. Pero lo tengo todo acá, con la luz de este día. Servime una ginebrita. La mujer vacila: Por qué no le da al whisky, que es más sano. Hoy puede ser un gran día, plantéatelo así, canta la mujer. Esterházy se acopla a la canción. Alza eufórico el vaso: Otra. Por la tardecita le pide a su hijo que le dé una mano para levantar al chupado. Lo levantan, lo suben a la chata. Una hora después, cuando entreabre los ojos, Aniko y Lazlo lo ayudan a subir al mirador. Abren. Lo dejan tirado en el piso. Cierran.

78

Nancy está trabajando en la casa de los Greco. Al barrer el cuarto de Marianito encuentra una medalla y una cadenita de oro. La Virgen de Guadalupe. Nancy no lo piensa dos veces, la agarra y se la guarda en el bolsillo del delantal. De abajo viene la voz de Mariana cantando con Luis Miguel: No sé tú, pero yo. Está de buen talante la patrona. Como Greco no vino anoche a dormir, esta mañana no hubo una de las típicas grescas conyugales. Putañero de mierda, le dijo ella anoche en el último cruce de teléfono. Un día de estos me las voy a cobrar todas juntas, le gritó antes de colgarle. Nancy no quiere estar aquí cuando hay gresca. Si se separan, piensa, no sabe de qué lado quedará y como ella está en negro terminará en la calle y sin un peso. Nancy pasa un trapo por los vidrios con agua y alcohol cuando Marianito le viene por atrás, le pregunta si no vio una joya al limpiarle el cuarto. Que no, le contesta Nancy, no vio ninguna joya. El pibe se va puteando: Me la choreó ella, posta que me la choreó para comprar esas pastas de mierda que toma, la muy turra. Y entra al cuarto de su hermana que no se levantó todavía. Los gritos se oyen en toda la casa y se superponen con las voces de Luis Miguel y su madre. Nancy se ríe por dentro. Apenas termine con la casa se va a ir a lo de Goldstein, el de La Poderosa Fortuna. Si no la convence la cotización del ruso, al menos le dará una idea aproximada de cuánto vale. Goldstein: De dónde la sacaste, negrita. Era de mi finada madre, le dice Nancy. Es falsa, dice Goldstein. Y le aclara: Se la vendí igual a Greco para regalársela a su mujer en las bodas de plata.

79

Y un buen día, celeste como hoy, en la mañana temprano, vimos los camiones de Residual avanzando hacia la Villa. La recolección de la basura había vuelto. No daba para aplaudirlo a Greco, aunque parecía haber tenido mérito su gestión por destrabar el conflicto con la empresa recolectora. La cifra no había sido moco de pavo, pero Greco se las había ingeniado para que el gobierno de la provincia desviara fondos a la Villa. Después de todo, o antes que nada, Greco era un puntal de la gobernación y, de haber elecciones, en la Villa tenía sus votantes que aportarle al gobernador. Veíamos pasar los camiones, algunos aplaudieron; habían sido demasiadas semanas oliendo nuestros desperdicios. La Villa recuperaba una brisa de aquella aura que le habían visto al paisaje los pioneros. Al fenómeno se lo llamó resiliencia. Pero se llame de un modo o de otro, la cosa no limpiaba los retorcimientos mentales en los que se encontraba sumido Tomasewski, cada vez más nublado por cómo haría justicia con el hacha. Si bien ya se había decidido por un hacha chica, manual y práctica, que podía esconder entre el pantalón y la campera, todavía no había acertado con un plan factible. Y ahora se daba cuenta de que la eficacia no pasaba por encubrir su espionaje del hotel haciéndose el aeróbico y, si se lo cruzaba, saludar a Tobi cuando pasaba por ahí. Quizás debía controlar su sed de venganza respetando la voluntad de Dios, que ya le depararía la oportunidad para encontrar al canallita en soledad. Diente por diente, a pesar de que sería acusado de sanguinario y destruyeran su buen nombre en la comunidad, pero más lo corroía la idea del hacha cuando al volver a su casa en la noche, a medida que se acercaba, pudo escuchar los acordes de un piano. No podía ser, por el modo en que sonaban, procedentes de la casa. No podía ser, se dijo. La música, se dijo, no podía venir de la casa, un espejismo auditivo. Hasta entonces el piano en el comedor no era más que un mueble, un féretro que contenía el cadáver de sus ilusiones. No podía haber resucitado la música: era una alucinación. Pero no. Hasta esa noche había pensado en el hacha no solo como un instrumento de ejecución sino también de destrucción. No pocas veces se había contenido para no destruir con ensañamiento el piano y convertirlo en leña. Incrédulo, todavía dudando de su equilibrio, entró en puntas de pie, dejó el hacha en una silla, bajo un almohadón, y fue hacia el piano. Allí estaba Elsie deslizando la mano izquierda sobre el teclado. Ensayaba con la misma laboriosidad que el hermano de Wittgenstein, Paul, ensayaba el *Concierto para la mano izquierda* que le había compuesto y dedicado especialmente Maurice Ravel.

80

El Canoso visita a Dulce por la nochecita. Fuman juntos. Te acordás que en la escuela la seño te lo decía, le pregunta ella. Qué me decía, pregunta él. Usted va a terminar entre rejas, Rivas. Al Canoso esa infancia que le recuerda Dulce le resulta ajena por dolorosa. Lo único que puede acordarse es que ya en primer grado esa nena, desde el nombre, le producía gusto a caramelo y taquicardia cuando se le arrimaba y ella lo miraba con una sonrisa que parecía transmitirle una comprensión de sus penas incluyendo el resentimiento que se empecinaba en ocultar porque se daba cuenta de que esa nena pertenecía a un mundo distinto al suyo, el de los chalets y jardines del Barrio Norte mientras él correspondía a la vergüenza de El Monte y La Virgencita, taperas maltrechas de ladrillos robados, maderas y chapas, en cuyo interior alumbrado con una lamparita un bebé lloraba sumergido en un tufo en el que se fundían pestilencias variadas mientras se oían gritos de una trifulca que podía terminar con un tiro. Ese chico no podía creer que esa nena una vez lo convidara con la mitad de un chocolatín blanco. La gran desilusión, la tragedia que sabía que en algún momento iba a ocurrir, le ocurrió cuando Dulce, a los dieciséis, empezó a salir con Johnny, que le llevaba cuatro años. Entonces, en vez de haber usado la pistola para asaltar chalets, debió emplearla para meterle un cohetazo a Johnny. Y ahora, lo que son las cosas, pensaba el Canoso, se la encontró en un kiosco donde los dos habían ido a comprar papel de armar y empezaron a conversar, a caminar juntos, y Dulce lo invitó a tomar unos mates. Tan fácil fue, tan fácil se la hizo Dulce, que el Canoso pensó que, mañana a la mañana, cuando se despertaran, tendría que ir a la iglesia para agradecerle el milagro al Señor. Pero la fe debía aguardar. Tenía una deuda que cobrar.

81

Wilhelmine Schröder-Devrient fue una cantante que se destacó con precocidad en el ambiente de la ópera alemana. Deslumbró a Beethoven y se convirtió en musa intérprete de Wagner. Puesta en duda la autenticidad de sus memorias, su libro de carácter libertino circuló en forma limitada. Las hipótesis sobre la autoría de *Memorias de una cantante alemana* no le restaron valor para su consideración como cumbre de la literatura erótica alemana. Si bien Apollinaire no vacila en declarar que, sin duda, el libro fue escrito por una mujer al presentar un agudo conocimiento psicológico que solo puede ser femenino, anota el poeta, y subraya también la perspectiva de las escenas de sexo subidas de tono. Más acá, cuando Moni detectó a Schröder-Devrient en la librería de Pepe, se lo pidió prestado y nunca más se lo devolvió. El libro se transformó en brújula de su escritura. Como la heroína alemana, Anne, con su humor juvenil desde un principio realizaba hazañas amatorias que se tornaban amistosas y saludables. Dante, a pesar de que Moni lo llamaba con asiduidad urgida por una lectura, se negaba a un encuentro. Moni decidió liquidar la distancia y se mandó al local de *El Vocero*. A Dante, esa mañana tibia de agosto, ella le pareció más deseable que nunca. Pero el deseo se lo censuraba la imposibilidad de hacer contorsiones después de la paliza. Qué te pasó, le preguntó Moni tanteándole un moretón. Un desastre aéreo, le dijo Dante. Te voy a dar unos besos, lo avanzó ella. Te necesito. Dante se retrajo: No es recomendable que me visites, querida. Moni se sentó en la única silla de *El Vocero*: Eso lo voy a arreglar, nene. Moni adoptó un tono melodrama que con algunos funcionaba: Te necesito, Dante. Tenés que leer lo que estoy haciendo. Dante abrió el cuaderno y leyó:

148

Ella estaba arrodillada entre mis piernas y me acariciaba con la lengua en lo alto de la hendidura. De la fuente brotó una oleada abundante surgiendo de mi gruta a la boca de él, que lo absorbió todo hasta la última gota. Se levantó de un salto y me hundió su cetro nudoso y cálido hasta la raíz.

82

En la noche Lazlo se aleja del bosque camino a la circunvalación. Tiene viento en contra, pero no es un inconveniente. De regreso, cuando corra, estará a su favor. Además el viento es un aliado. No muy lejos se ven las luces de El Monte. No son luces exteriores sino interiores. Y esto favorece su ensayo. Lo viene pensando desde hace rato. Tiene que actuar con sigilo y velocidad, no dejarse asustar por las bandas de perros a la deriva, esquivar sombras humanas, convertirse él también en una sombra. Según su criterio, tanto La Virgencita como El Monte son dos criaderos de escoria humana. Pero, a la vez, por su miseria, presentaban un potencial revolucionario. Apenas ejecutara su plan se lanzaría a la huida y al ganar la arboleda estaría a salvo. Por supuesto, le hubiera gustado poner en práctica el primer ensayo en el Barrio Norte, pero era demasiado arriesgado, podía ser visto por alguna patrulla. Esta es una primera prueba. Y además, está solo. Superada esta etapa de soledad, con tres o cuatro adeptos a su Idea, ya será otra cosa. La piensa así, con mayúsculas: Idea. Está seguro de que el camino por delante no le será sencillo. Por ahora debe empezar la causa solo. Nunca fue sencillo para los líderes. Pero una vez que se vislumbró una chispa, la chispa luego fue llama y más tarde revolución. La organización vence al tiempo, se dice. Y se imagina filas incontables de hombres y mujeres uniformados cantando el himno del movimiento creado por él, el mentor supremo. Pero este no es el momento de pensar el himno futuro. Ahora debe concentrarse en el ensayo. Como lo había previsto, unos perros. Los sortea, se pega a las paredes de las viviendas. Se oyen cumbias, risas, gritos. Cuando cree que alcanzó el corazón del asentamiento saca la botella, con un encendedor, prende la mecha, y la arroja a través de una ventana. No se queda a escuchar la expansión de las llamaradas, el terror, el llanto de los chicos, el alarido de una mujer, unas puteadas. La noche es un alarido.

83

Esa noche Esterházy vio el fuego desde la ruta. Había hecho dedo. De Mar del Plata lo traía una camioneta de reparto de quesos. Parece que hay un asado, dijo el tipo reduciendo la velocidad. Esterházy no contestó. Estaba en otra, miraba con indiferencia el incendio de El Monte. Pare acá, le pidió. Está invitado, le preguntó el otro. Esterházy bajó al asfalto y miró fascinado. Mire que va a llover, le advirtió el repartidor. Esterházy no lo escuchó. Tal era la fascinación en que lo sumían las llamas agitándose en el viento sobre el rancherío. Se había armado una cadena de baldes, pero no bastaba, nada era ni iba a ser suficiente. La sirena del único camión de bomberos de la Villa no daba abasto y tampoco su dotación hasta que llegaran refuerzos de Pinamar. Esterházy se acercó a las casillas que ardían y se internó como pudo hasta encontrarse en el centro del caos. Necesitaba sentir el fuego desde adentro. Lo que estaba viviendo era una señal, el fuego sagrado, su poder. Nadie en el pánico reparaba demasiado en nadie. Y si alguien hubiera reparado en Esterházy, su rostro iluminado, enrojecido, esa sonrisa que podía ser tanto de enamoramiento como signo de idiotez, fascinado, en el corazón del incendio, ese alguien habría pensado, por qué no, en la expresión de regocijo del diablo. Unas gotas heladas le dieron en la cara. El cielo en movimiento. Un relámpago confirió a la visión un tinte espectral. Un trueno y después otro. Un relámpago interminable. La tormenta se descargaba.

84

Las gaviotas vuelan y chillan en círculo sobre ella. Aniko se ha tendido hace un rato largo sobre lo alto de un médano y mira pasar las nubes. Prueba leer sus formas como un mensaje, pero ninguna le resulta predicción de algo bueno. A medida que se acostumbra las nubes adquieren relieves grises y sombríos y se achica el espacio azul. La brisa se vuelve viento. Arena en los ojos. Por unos segundos le cuesta ver. Se da cuenta, no puede ser de otro modo: esta ceguera es un aviso, las gaviotas desaparecen, el cielo quiere decirle algo. Y ella sabe cuándo el cielo quiere decirle algo. En los últimos tiempos, de tanto tenderse boca arriba, tanto en un claro del bosque como en la playa, ha establecido con el cielo una relación personal en la que lee todo lo relativo a su alma y lo que habrá de vivir, así como puede anticiparse también a lo que sucederá a los otros. Además está todo lo que ha aprendido en el Libro de las Mutaciones. Ya no se sorprende cuando sucede algo inesperado porque ella, antes, lo supo en el Libro, que se lo anticipó. Que el cielo celeste luminoso trajera unas nubes, que las nubes fueran cada vez más nutridas y con su espesor transformaran la mañana radiante en noche y que las gaviotas huyeran asustadas, algo significa. Todavía no puede ver el suceso que habrá de producirse y a quiénes afecta. Como cada vez que una de las premoniciones la asalta, tiembla, primero los labios, después el endurecimiento del cuello, el cuerpo entero, y unas ganas de gritar, pero el grito se le congela punzante en la garganta. Se echa a rodar médano abajo. El viento arenoso la envuelve. Corre hacia el mar. Está revuelto, salvaje. Tropieza en el agua, se cae, se levanta y se interna hacia la rompiente. Una ola alta y poderosa la levanta, la revuelca y la devuelve a la playa. Aniko gatea sobre una superficie de caracoles y conchillas. El cielo se va despejando. Qué le quiso decir el cielo con esa oscuridad súbita que ahora se va disolviendo. Qué irá a pasar, se pregunta. Siente miedo. Si tienes dudas, consulta el oráculo una vez más, le había dicho el Libro. Y ella se había negado. Ahora se da cuenta de que debió haberlo consultado otra vez. En la caída rodando médano abajo y en el revolcón de la ola, perdió un zapato. Qué le quiso decir el mar, se pregunta. Perdió un zapato. Tiene que apurarse en volver al hotel, al oráculo. Tal vez esté a tiempo de impedir lo que no sabe qué es pero habrá de ocurrir. Corre hacia el hotel.

85

Según Herman Melville, el blanco más abominable es el de Moby Dick, la ballena que se ha emperrado en cazar el capitán Ahab persiguiéndola por los mares. Está poseído en la captura de la ballena y contagia a la tripulación su fanatismo. Que Ahab se cuide de Ahab, le aconseja Starbuck, su segundo. Pero Ahab desconoce el consejo. No persigue la ballena que lo dejó con una pata de palo. Persigue la nada, un absoluto. El blanco más allá de todos los elementos que pueden ser blancos es el blanco de la nada. Puede pensarse que Esterházy se proponía obsesivamente luchar contra el blanco. Después de la experiencia del fuego, entró agitado al hotel, subió casi sin aire las escaleras del mirador. Y al encontrarse ante la tela en blanco, después de un rato largo, botella en mano, después de beberla toda, de observar ese blanco imperturbable hasta la ceguera, recapacitó: si como pensaba, el infierno era la nada, allí estaba una vez más, frente a él, era el blanco, era la nada. Imposible representarla. Se tejieron muchas versiones del hecho. Que quien lo descubrió fue Moni, que permaneció unos minutos ante él. Que tal vez el primero en verlo fue Tobi, el sabelotodo de los secretos familiares, que tardó hasta el amanecer en anunciárselo a Moni, que ella contuvo el grito: esta no era su gran escena sino la de su marido, y tenía que meditar cómo se lo diría a los chicos, porque antes Tobi debía pasar un trapo, limpiar la sangre. Hay otra versión, quizás la más probable, y es que quien lo descubrió, ya entrado el día, fue Aniko, que venía de la playa, corriendo, convencida de que algo terrible iba a pasar, que debía consultar el Libro otra vez, pero no hizo caso y postergó la consulta. Entró al hotel en silencio, evitó hacer ruido, se descalzó el único zapato que calzaba y, en puntas de pie, subió al mirador y entonces lo vio. Tampoco gritó. Se quedó contemplando el cadáver del padre pensando que su muerte confirmaba el poder predictivo del Libro de las Mutaciones. No le brotaron las lágrimas ni tampoco pegó un grito. Se limitó a mirar el revólver todavía en la mano del padre, el agujero en el pecho, a la altura del corazón, la sangre. Y ese rictus sarcástico y amargo tan propio de él. Recién después avisó a su madre y ella lo llamó a Tobi. A Lazlo quisieron impedirle la visión del suicida, pero se las ingenió para forcejear con Tobi y pudo trasponer la puerta. Tampoco Lazlo expresó desolación, angustia. Allí estuvieron los cuatro ante Esterházy o ese cuerpo que había sido Esterházy. Quizás el único que pronunció la palabra Dios fue Tobi, que aprovechó la situación para abrazar a Moni, estrecharla. De afuera vino el canto de un bichofeo.

86

A cajón abierto, lo velaron. Así lo quiso Moni, la viuda compenetrada con su rol de dama trágica, con un tul en el rostro que la volvía misteriosa. El glamour lo subrayaba el escote. Si Esterházy había sido apuesto en vida, no menos podía serlo en la mañana de su partida. De Nigro, el de la casa de velatorios, tuvo su trabajo en adecuar al muerto, vestirlo elegante como si fuera a bailar un vals. De Nigro nunca previó que ese día la casa de velatorios iba a tener tanta concurrencia y no solo por el mal tiempo. Debió mandar al almacén por más café. Había llovido la noche anterior, la noche del incendio en El Monte, había limpiado por la mañana y ahora, en la tardecita, volvía una llovizna. Nos arrimábamos al velorio por curiosidad, queríamos ver cómo se las había ingeniado De Nigro para maquillar al finado. La segunda, porque nunca se había visto por acá el velorio de un conde, un duque, un marqués, un barón, en fin. Lo que decimos, nadie había asistido a la ceremonia postrera de un noble difunto que, aun trajeado, elegante, mantenía la estampa. Junto al ataúd, erguida, con un matiz de tristeza distinguida, como si los nobles padecieran un dolor de categoría, Moni se mantenía sublime en su estampa de la más viuda de todas las viudas. No faltó nadie al velorio. Y, previsible, los Esterházy fueron centro de miradas y comentarios filosos. Si Tomasewski arrastró a Elsie al velorio no fue solo por darle sus condolencias mentirosas a la familia, fue por resentimiento, para ver cómo Dios había castigado al verduguito. Quería verle la cara de congoja. Pero Lazlo lo defraudó. Su cara tenía un serio rictus de huérfano asumido adulto. Difícil creerle al pibe que sentía la pérdida. Aniko, en cambio, parecía más frágil que de costumbre y quienes pensaron que se quebraría se equivocaron: lo suyo era aceptación. El Libro también le había aconsejado cómo iba a seguir la vida de los días por venir y qué hacer en adelante. Dante estudió el ambiente enrarecido, la extravagancia del muerto, la actuación de la viuda, la seriedad de los hijos, la hipócrita condolencia del público, porque éramos público y no deudos, y nos saludábamos con cabeceo leve y compungido. Greco se detuvo un instante cerca de Dante. Detrás de él, perro fiel, Barroso. Las miradas de ambos, glaciales, se encontraron. No era el momento ni el lugar, se dijo Dante. A ver cómo te portás, le dijo Greco. Dante asintió apenas. Después, en el local de *El Vocero*, pensó que hay veces en que los medios escatiman la información del suicidio por temor al contagio. Lo pensó y lo pensó. No hubiera venido nada mal una epidemia. Pero, se dijo, no habría cambiado mucho nuestros destinos. En la edición del viernes *El Vocero* publicó media página dedicada al príncipe húngaro Hugo Esterházy, porque finalmente todos habíamos coincidido en que se trataba de su alteza, un notable artista húngaro perteneciente a la Casa Esterházy, exiliado, que después de conquistar celebridad nacional e internacional con su obra puesta a reflejar la angustia del individuo de nuestro tiempo y el absurdo existencial, había fallecido en nuestra querida Villa. Con seguridad extrañaremos la presencia de este artista visionario, figura entrañable del arte local. Nuestras condolencias a su viuda, la poeta Moni Dubois, y los dos vástagos, Aniko y Lazlo.

87

Si bien Esterházy, pensaba Moni, nunca hubiera sido, por sus delirios de artista, el hombre de la casa, su presencia imponía un respeto, al menos hacia afuera. Quienes lo veían circular derecho por el pueblo podían pensar que el tipo estaba rayado, pero que en su raye había un resquicio de hidalguía. Es verdad también que su firmeza al andar se debía al alcohol. Pero nadie sin su pasado habría tenido ese paso con estilo, la frente alta aunque la suerte le fallara en el casino, en el arte, en la mujer y en los hijos. Le gustaba pasear por el pueblo con la actitud de quien ha conquistado el mundo cuando en verdad lo había perdido y lo único que le quedaba era esa variación de la soberbia. Ahora su lugar en el Habsburgo estaba vacante, nos dijimos. Imaginamos quién de nosotros, los que habíamos tenido trato con la viuda, sería capaz de ocupar esa cabecera en la mesa familiar que, entre nosotros, nada tenía de familiar ya que no desayunaban ni almorzaban ni cenaban juntos sino aislados, cada uno alimentándose al pasar por la heladera a ver qué había además de una lechuga desconsolada y unas salchichas verdes. Por tanto, aunque el sitio estuviera vacío, tampoco nadie se arriesgaría a sostener a esos tres sobrevivientes que no destilaban el mínimo interés en rebajarse a un oficio terrestre si bien la madre, visiblemente rejuvenecida en su viudez, se las ingeniaba para mantener el hotel a flote. De dónde sacaba la plata esta mujer, nos preguntábamos. Y la respuesta, si alguien la daba, era obvia y merecía el acompañamiento de un guiño de ojo.

88

Moni pensó que para evitar rumores de ligera de cascos y mantener la dignidad era preciso incorporar un hombre a la casa. Mientras escribía fantaseando con el éxito de *El Hotel de la Lujuria*, escribiendo desnuda, mientras el sol de la tarde acariciaba sus tetas, debe haber visto pasar por la ventana a Tobi. Por qué no, debe haber conjeturado. El difunto, en una de sus curdas eternas, balbuceando, le había sugerido que se la había visto. El sirviente, le había dicho, no solo era un burro. La tenía como un burro. Moni no lo quería todo el tiempo a su lado, y en la cama matrimonial, solo cuando el aburrimiento le fuera insufrible. Venía en Citroën al pueblo con Tobi, ella en el asiento trasero y él manejando, con la cabeza alta, orgulloso de su ascenso de categoría, y en las veredas, al caminar, marchaba detrás de ella, sacando pecho, *chevalier servant* y cancerbero. A quienes lo mirábamos nos devolvía la mirada con una muequita que era soberbia y amenaza.

89

El *Concerto pour la main gauche en ré majeur*, más conocido como el *Concierto para la mano izquierda*, se compone de un solo movimiento con las variaciones de dos contrarios. Empieza con un clima oscuro. El piano tiene reservada una irrupción magnífica y enfrenta la orquesta. Sin conocer los pormenores históricos de la partitura de Maurice Ravel, como se ha dicho, ofrecida al manco Paul Wittgenstein, Tomasewski, al escuchar los ensayos, esa búsqueda de perfección que desgranaba Elsie en el piano en el comedor, experimentaba una revelación divina que purificaba su alma y le imponía un arrepentimiento parcial por haber pensado en hachar el brazo derecho de Lazlo. Liberado del filo del hacha, si es cierto que la música calma las bestias, Elsie ya no precisaba terapia, se dijo. Si el arte no cura pero remedia y alivia los seres, este concierto le había devuelto a Elsie su don. Tomasewski, entusiasmado con la recuperación de su hija, volvió a fabular el éxito que obtendría en sus presentaciones futuras. Sin duda, sería una curiosidad, un fenómeno que asombraría los más diversos escenarios y tendría los aplausos a granel de públicos internacionales destacando su talentoso virtuosismo para ingeniárselas con una mano sola. Una mañana, agradecido, fue a pagarle los honorarios a Roxi y le llevó de regalo una máquina de cortar el pasto. La terapeuta, sorprendida, prefirió no defraudar al padre y no le dijo que vendería ese regalo: qué pasto iba a cortar si vivía en un departamento mini. Esa mañana al salir del consultorio Tomasewski se cruzó con la señora de Greco. A Mariana la conmovió la expresión feliz del padre de la desgraciadita. El milagro, el milagro, le dijo Tomasewski. Esta doctora es moishe pero una santa. Mariana, al entrar al consultorio, lo primero que vio fue la máquina.

90

A pesar que se inundan las alamedas cuando viene una tormenta, los desagües cloacales se taponan, el gas natural no se extiende más allá del centro y el Barrio Norte, el Concejo Deliberante y la municipalidad permitieron levantar dos torres rascacielos afectando la reserva forestal de la que se precia nuestra Villa, la decadencia económica del país afecta el turismo cada verano más pobretón y, según muchos, esto es Lanús con mar y, no obstante, nuestra Villa sigue siendo, para los que vienen por tres o cuatro días de vacaciones, una arcadia. Antes de la rotonda, en la salida de la Villa, reza en un cartel despintado con forma de corazón: Volvé, te esperamos. No es improbable que aquellos inadvertidos que vinieron por primera vez retornen y los que ya estuvieron, si estuvieron y retornan, se debe a que no encontraron un espacio mejor para mojarse los pies en el mar. Más allá de la casilla de prefectura y el faro Verne están las playas inmensurables y desiertas del sur. En los matorrales de sus campos pasando los médanos los desprevenidos suelen encontrarse con jabalíes. Pero no son desprevenidos los desarrolladores inmobiliarios que estudiaron desde un helicóptero esos kilómetros con el objetivo de construir un barrio privado y más allá un resort, un muelle moderno, amarras de yates, factores, según algunos, de un porvenir favorable a la Villa que quedará a unos veinte kilómetros de distancia y funcionará como su almacén, pero también, seamos realistas, como su patio trasero. Así una mañana de agosto una avioneta aterriza en el aeródromo inactivo en esta época, cuatro tipos trajeados bajan y se suben a una cuatro negra que los espera, después la cuatro se detiene ante la municipalidad y vienen a una entrevista dos superchetos. Con ellos, un morocho de camisa floreada y tonada centroamericana con un bolso negro Samsonite. Vienen a una reunión a puerta cerrada con Adalberto Damonte, el secretario de Planeamiento. Los tipos representan

162

a una sociedad denominada Paradise Harbor, conformada principalmente por capitales mixtos de inversores mejicanos, además de dos o tres empresas nacionales. Están dispuestos a una inversión sustanciosa que, seguro, despertará la protesta de los grupos ambientalistas defensores de la naturaleza, ecologistas que, también seguro, armarán algún alboroto, pero nada que no pueda solucionarse para aplacar a esos molestos con la colaboración de los abogados de Paradise y del estudio jurídico e inmobiliario Brindisi. Obvio que si la inversión será sustanciosa para su construcción, también lo será para aquellos funcionarios y concejales que avalen el proyecto, a quienes se convencerá de la trascendencia inmobiliaria del asunto con la debida discreción que la aprobación requiere, tan a puertas cerradas como transcurre la reunión en la que se cierra el acuerdo, en principio, de palabra, y con un anticipo generoso en dólares. Cuando después de dos horas de reunión ajustando los detalles del acuerdo los desarrolladores se marchan, Damonte pasa al despacho de Greco y le anuncia: Bingo. Y pone el Samsonite sobre su escritorio.

91

Después de los acontecimientos, piensa escribir Dante, o tal vez sería mejor, se dice, después de lo sucedido. Pero nada de lo que pasó, pasa y pasará en nuestra Villa es ni un acontecimiento ni un suceso: gestos de lo cotidiano, instantes donde se plantea una agachada, una traición, un vuelto y, cuando más, un cuchillazo conyugal, unos tiros en la madrugada, nada del otro mundo aunque acá, porque somos un gallinero chico, cada acto, por reducido que sea, adquiere un relieve mayúsculo que merecerá un título en primera plana de *El Vocero*, que cada día se lee menos, o en el *Reporter de Rudi*, de Canal del Mar, con su tono de comunicador de catástrofes así informe el robo de una bicicleta. Cada anécdota, porque en el fondo se trata de anécdotas, situaciones que mañana serán olvido porque, inexorable, un chisme similar al anterior habrá de reemplazarlo. Nada que conmueva a nadie, excepto a Aniko con su Libro de las Mutaciones, que advierte lo que habrá de suceder, imposible de evitar porque está escrito. Lazlo no le cree demasiado. El suyo es un pensamiento científico, le dice en esta mañana limpia en que dan vueltas por el bosque. Se recuestan en el pasto y miran las nubes deslizándose lentas, tal vez demasiado lentas para Lazlo, que se fuma un porro. Le pasa el porro a Aniko. Aniko se queda pensativa: Poético, le dice. Y fuma. Lazlo le susurra: Es que la herida a veces no se ve. Y Aniko: Me gusta cuando hablás así de poeta. Están muy cerca, Lazlo le pasa el brazo derecho bajo el cuello, la atrae. Se echan el humo uno en la boca del otro.

Aniko le sonríe: Y qué te duele, le pregunta. A Lazlo le parece verse en los ojos de su hermana. Se toma su tiempo para decir: Vos. Y expulsa el humo hacia el cielo. Y ella, vacilante: Está bien lo que hacemos, le pregunta. Lazlo se sonríe: Nadie te va a conocer nunca como yo. Y nadie me va a conocer nunca como vos. Podés ser novia de cualquiera, pero nunca sabrá quién sos. Aniko se ríe: Y vos nunca vas a tener una novia. Lazlo, serio: Novia, no. Después Aniko se dirá que pudo impedir que ocurriera lo que ocurrió: lo había leído, estaba en el libro.

92

Nos acordamos hace unos veranos, un chalecito frente a la Departamental, lo alquilaban cuatro o cinco pibes pesados que andaban en la falopa. La cana les avisó, debían repartir. No hubo un acuerdo. Y una noche se agarraron a los tiros. Chalecito contra comisaría frente a frente. Rato largo a los tiros. Los pibes pelaron una metra. Y la cana tuvo que pedir refuerzos a la Departamental segunda, la del sur. Los pibes, boleta. Y un cana. Fue por esa época que cambiaron el plantel, íntegro. Y los nuevos no supieron qué hacer con un territorio desconocido. Así vino Barroso. Y empezó con los aprietes, lo primero, el arreglo con la política después y la distribución de la falopa.

Unos años después, ahora, Barroso se jacta de que la Villa es un lugar seguro, lo que no se arregla en un calabozo se arregla a los tiros, como pasó con los tres pibes. Todas las noches, o casi todas, cuando no está en una mesa de Pocker con las fuerzas vivas o putañeando, antes de volver a su casa con unos whiskies, se da una vuelta por la comisaría. Es un honesto funcionario del orden. Y también, un preocupado por el desarrollo de nuestra comunidad. Estuvo buena la reunión con Greco y los ejecutivos de Paradise, piensa. Esta noche llueve, baja del auto con un sobre de papel madera en la mano. Entre el alcohol y el chaparrón no ve demasiado. Desde media cuadra, un tipo viene corriendo y le tira. Barroso corcovea con los impactos. Las balas le pegan en el hígado, los pulmones y el cuello. Entonces salen los canas de guardia. Tiran contra la moto. Un plomo le acierta en un muslo al Canoso. La moto se tuerce pero no pierde el equilibrio, dobla en una esquina y se pierde. Los canas levantan el sobre. Almeida y el Puma Rinaldi agarran el sobre ensangrentado de un charco. Dólares.

93

Un bardo, Moni, le dice Dulce. Son las dos y veinte de la madrugada. Un auténtico bardo, repite Dulce. Moni se sube al Citroën y acude. Esta vez el problema es el Canoso, con un corchazo en la pierna no puede ir muy lejos. Lo más cerca como refugio que tuvo esta noche de tormenta fue Dulce. Decí, Moni, que yo estaba escuchando música japonesa, menos mal, porque así el pobre me encontró relajada. Ya veo, le dice Moni. Y mira la moto acostada en la alfombra. El Canoso, reclinado en el sillón, la ficha receloso. Pero no la encañona. Moni es mi hermana, le aclara Dulce. Lo único que encontré son curitas, Moni. Este amigo necesita atención. El Canoso tiene una botella de ginebra en la mano. Cada tanto vuelca en la herida y cada tanto le pega un trago a la botella. Por suerte la bala siguió de largo. Moni le pide a Dulce una sábana limpia. No hay ni una. Moni agarra una cualquiera, le pide a Dulce una tijera, la corta en tiras, las empapa en ginebra y venda la pantorrilla. Moni quiere saber lo menos posible sobre cómo vino a parar el Canoso a lo de Dulce. Pero el Canoso le cuenta como si Moni le hubiera preguntado: Barroso no jode más. Me la debía por el Bichi. Ahora tengo que rajar a Madariaga. Que desde Madariaga zafa, dice. Dulce, colgadísima como está, habla sobre el karma: Igual tenés buen karma, estás vivo. En Madariaga tengo un aguante, dice el Canoso. Un hijo de puta, Barroso, dice Moni como si no tuviera nada que ver. Muerto Barroso se cierra el caso. Dale, subite al auto y te llevo a Madariaga, le dice Moni al Canoso. Yo voy, dice Dulce. Vos quedate, le dice Moni.

Y meditá, tiranos una buena onda. Y hacia el Canoso: A mí no me van a parar en la ruta. Soy conocida acá. Y Dulce refuerza: Muy. Moni maneja con firmeza. El Canoso respira agitado. Aguantá, le dice Moni. Doblá en ese camino, le ordena el Canoso. Moni sigue las indicaciones. Hay una tranquera. Moni se baja a abrirla. Unos perros se le vienen a la carga, hace a tiempo para volver al auto. Los faros horadan la noche y dan con una casa bajo una fronda. Los perros siguen el auto. Una silueta de mujer viene a recibirlos. Es enorme, la giganta camina ladeada. Debe tener unos sesenta y una escopeta apuntando. Se le ve la nariz quebrada como un boxeador. A Moni no la asusta. Ayudame a bajarlo, le pide. Y entre las dos lo cargan. Recién te sueltan y ya te mandaste una cagada, dice la giganta. Tenía que pasar, tía, balbucea el Canoso. Una deuda tenía que cobrarme. Un gran salón en semipenumbra, olor a asado reseco y a perros. Una salamandra que entibia el ambiente. Hay un metegol, una radio que pasa bajo una chacarera. Y dos muchachos sentados a una mesa de truco. La mujer la mira a Moni: Y vos quién sos. Una amiga, dice Moni. Y vos. Soy la Tita. Y se da vuelta hacia el Canoso tirado en un sillón. Yo lo crie a este guacho, dice. Necesita un médico, dice Moni. Qué va, dice la grandota. Salió de peores sin médico. La mujer encara a los pibes: A ver ustedes, mierda. Ponganló en una cama. Pará, Moni, dice el Canoso. Avisale a Dulce que voy a volver, decile. La Tita se ríe: Dónde vas a ir vos, pendejo. Después, a Moni: Vos nunca estuviste acá, me oíste. Ahá, dice Moni. Andate ahora que todavía está oscuro, le ordena. Y el Canoso, otra vez: Me faltan dos, voy a volver. Cuando Moni vuelve de Madariaga ya no llueve. En la ruta empieza a clarear. El cielo rosado sobre los médanos y las cortaderas.

94

Cuando una bala entra en tu cuerpo tu carne absorbe el impulso que la bala tenía. Una bala de 9 mm viaja a una velocidad próxima a 1448 km/h. La bala te transfiere el impulso al cuerpo y se expande creando una cavidad considerable. El temblor consecuente puede provocar un daño serio a tus órganos. Un solo disparo en el brazo o la pierna es más que suficiente para matarte por la pérdida de sangre. Si esa bala golpea una arteria braquial en tu brazo, una de las arterias bilaterales en la ingle, o en las arterias subclavias debajo de cada una de tus clavículas, vas a estar ante una hemorragia masiva. Tus músculos tienen algunos mecanismos de defensa incorporados para intentar detenerlo, pero normalmente no es suficiente cuando se tiene una pérdida de sangre interna causada por proyectiles penetrantes como las balas. Dante no puede dejar de pensar en el último tiempo en la Villa. Los perros envenenados, los pibes asesinados, el nene suicidado, su padre pateado hasta la muerte, y ahora el comisario acribillado, sin contar que el tirador escapó con un plomo en una pierna. Se pregunta qué seguirá a estos hechos, se esfuerza en pensar que debe haber una conexión entre todos estos casos. En nuestra Villa todos tienen que ver con todos, y no se hagan los otarios. Títulos para la nota: Ola de crímenes, sería uno. Otro: Mar Negro, no está mal. Pero Mar Rojo, mejor. Posta que mientras piensa el titular está ocurriendo algún hecho que completará este rosario de sangre. Se dispone a redactar. Y se dice que debe tener el tino de no bajar línea, que no se note su idea sobre la relación entre injusticia y violencia, etcétera. Probará ser objetivo, describir los hechos, solo los hechos, y que cada lector extraiga sus propias conclusiones. Mientras empieza a tipear cree escuchar un disparo, el silbido de una bala. Quién será el próximo, la próxima. Quién será el responsable del tiro, se pregunta. Dios, si creyera en él. Pero el escepticismo lo conduce a una coartada: Nosotros, todos nosotros. Pero si somos todos, entonces no es nadie y lo colectivo protege al asesino. No tiene ganas de redactar el obituario de ese hijo de puta. Es cierto, cuando lo tuvo enfrente en el velorio de Esterházy no era ni el lugar ni el momento, pero también, lo admitía, le faltaron huevos. No podía dejar de sentir un gusto morboso al pensar los proyectiles entrándole a Barroso tal como les habían entrado a los pibes. No creía que fuera a beneficiar demasiado a nuestra Villa que Barroso fuera boleta. Pronto vendrían los reemplazos. Abrió el cajón, sacó la botella. Era temprano para empezar a darle, se dijo. Pero ahora el camino estaba despejado. Tenía que festejar. Llamó a Moni.

95

I have a dream, a song to sing to help the cope / with anything, if you see the wonder / of a fairy tale. You can take the future, even if you fail. Aniko se sabe de memoria todas las canciones de Abba. I believe in angels / Something good in everything I see. / I believe in angels / when I know it's right for me / I'll cross the stream, / I have a dream. Especialmente en *I have a dream*. Puede jurar que los suecos recibieron un mensaje del cielo. No se explica de otra forma que supieran captar con tal intensidad lo que ella siente cada vez que oye la canción que, desde que la escuchó por primera vez, se le convirtió en un himno personal. La conjunción del Libro de las Mutaciones, las figuras de las nubes y ahora esta canción le confirmaron que hay seres más allá de este mundo visible que están tratando de comunicarnos que estamos ingresando a una nueva era. Inútil convencer a los escépticos agarrados de sus pro-

pósitos materialistas alejados del amor. Si en alguien Aniko percibe un atisbo de negatividad,
una zona oscura, improvisa un mensaje calmante,
lo deriva a practicar yoga que, si no lo sanará, al
menos aliviará su ansiedad. Lazlo no muestra interés por los estudios de su hermana, porque
Aniko llama estudios a sus lecturas del Libro.
Hasta que un anochecer le pide a su hermana
consultar por un interrogante que lo abruma.
Aniko se niega. Lazlo no entiende su resistencia a
oficiar de intermediaria oracular. Esto es como
con los médicos, le dice Aniko, no atienden a sus
seres queridos. Es peligroso. Pero Lazlo no se da
por vencido: Es que tengo una gran duda y tengo
que tomar una decisión importante. Un problema que tengo, le dice. Algo serio. Aniko se niega
todo lo que puede: se ha dado cuenta después de
lo sucedido con los perros que su hermano está
poseído, tiene más que afinidad con Belcebú. Finalmente, con temor, Aniko accede, saca del libro
tres monedas envueltas en su sobrecito. No me
tenés que decir tu pregunta. Simplemente tenés
que tirar las monedas. Ming, el oscurecimiento de
la luz, le contesta el Libro a Lazlo. Y Aniko le lee
el hexagrama. Pero hay una esperanza en el final.
El mal por su condición termina destruyéndose a
sí mismo. Lazlo repite: El mal. Y qué quiere decir
el mal. Y la oscuridad, pregunta, no entiendo.
Aniko quisiera salvarlo, pero por más amor que le
tiene, sabe que el destino de Lazlo está escrito. Le

contesta: No te lo puedo explicar, es la respuesta a tu pregunta. Y vos tenés que interpretar. Vos le tenés que asignar el sentido. Y le pregunta: Está respondida tu pregunta. Lazlo se calla, se aparta, pensativo mira a su hermana que lo mira, la ve preocupada. Tendrías que creer en los ángeles, le dice ella.

96

Y de pronto Elsie lo abandona otra vez. Ahora definitivamente, dice. No volverá al piano. Por más ánimo que intenta insuflarle su padre, ella ha perdido el entusiasmo del retorno a sus ensayos. Se lo dice al padre: ella soñaba con ser pianista y no un fenómeno de circo. Siempre fue retraída, nunca tuvo muchas amigas, y solo dos o tres intentaron acercársele y ser más íntimas luego de la ruina de su mano derecha. Pero Elsie, con su melancolía, las fue alejando. Y así como apartó a sus amigas, hundida en sí misma, se fue apartando de toda vida social, excepto el trato con los clientes de la ferretería. Pero tampoco mostrarse en el negocio le resultaba fácil. Sentía que entregarse a la compasión del prójimo la rebajaba y más aún cuando le pedían alguna cosa de la que no tenía idea. La multiplicidad de elementos que se vendían en el negocio la sobrepasaba y había demasiados de los que ignoraba su existencia y utilidad.

Preguntarle a su padre le daba ganas de llorar. Más que una ayuda, pensaba, era un fastidio. Algunas veces le pasó: al no entender el pedido se quedó paralizada ante el cliente y se echó a llorar. La amargura, la frustración, la imposibilidad de las acciones de la vida cotidiana conspiraban contra ella. Lo doméstico no era fácil con los dedos atrofiados con forma de garfio. Al mismo tiempo que retrocedía su esperanza, su padre volvía a sus fantasías de venganza. Y mientras elucubraba cuándo y cómo iba a hacer justicia, le propuso a Elsie retornar a la terapia. Con la moishe había recobrado el ánimo, le dijo. Pero Elsie se negaba. Te voy a llevar de los pelos, la amenazó. La resistencia de Elsie fue obcecada. No quería salir de su cuarto, donde se pasaba las horas escuchando música clásica por la radio uruguaya. No se animaba a confesarle al padre su sueño secreto: que se mudaran a Uruguay. Pensaba en Montevideo como una ciudad encantada en la que su deformidad llamaría menos la atención.

97

Lazlo se dice que ha llegado el momento, que no puede seguir postergando el objetivo que viene persiguiendo. No es que esta tarde gris tenga un carácter especial. Simplemente, piensa, el momento ideal es una construcción subjetiva. Por supuesto, no lo piensa en estos términos, pero lo siente. Y lo que uno siente es ni más ni menos lo que uno piensa. Sus pensamientos no pueden quedar en meros pensamientos. Si no se traducen en acción, nunca sabrá de su verdad. La confusión de sus ideas, lejos de ser un impedimento, potencia su pasión. Porque lo suyo es una pasión, como quedó comprobado en el incendio que provocó en El Monte, ese fuego en el que su padre, por su parte, creyó vislumbrar una razón que lo arrojaba a la tela, la tela que lo arrojaría a la nada, así, con el mismo arrojo que ahora, sin respaldo alguno, solitario, inmerso en la soledad de los grandes hombres de la historia, su hijo consiguió un parlante. Avanza a paso firme impulsado desde el origen de la historia. No es un pibe, es el enviado de una potencia oscura que lo supera. A medida que se interna en el asentamiento, cruza las taperas quemadas, seres que son espectros. Qué mejor, se dice, que darles una razón de ser a los espectros que cambiarán el rumbo de la humanidad. Lo miran pasar. Y él piensa que todos esos seres que lo miran con curiosidad como un extranjero, porque sin duda lo es, un extranjero, y es bueno que así sea, el mesías de la nueva idea, quien arrastrará las masas hacia el apocalipsis, su primera acción parlante en mano. Ve un cajón, lo acerca, se sube y abre el parlante. Atención, camaradas de la gran causa. Atención, seres de la transformación. Aquí vine a anunciarles un fin y un comienzo. Escuchen mi mensaje. Basta de privilegios. Soy el rayo de la destrucción. Les traigo la buena nueva, grita poseído. Un fantasma recorre la Villa. Trae el anuncio de un nuevo orden. Un cascotazo le pega en la cabeza. Y después otro. Hay pibes que se ríen y hombres y mujeres que festejan cómo el portavoz de la idea transformadora rueda por el barro.

98

Tomasewski se cruza con Mariana en la escalera. La encuentra cambiada, tiene el pelo corto, más bronceada y una expresión alegre: tenía razón, Tomasewski, le dice. Esta chica es un amor. Me está resolviendo la vida. Soy otra desde que vengo. Si viera el cambio. Se cortó el pelo, dice él. Y Elsie cómo está, le pregunta Mariana. Tomasewski no le contesta. Roxi ya está esperándolo en la puerta del consultorio. Mándele saludos a Greco, se despide él. Y sube hacia Roxi. Le sirvió la cortadora, pregunta. Por supuesto, le miente ella. Porque a Elsie el tratamiento no le sirvió de nada, dice él. Está peor que antes. Tal vez se debe a que abandonó el tratamiento prematuramente, dice Roxi. Tiene que venir a verla, le dice Tomasewski. Y Roxi: Tiene que traerla, querrá decir. No atiendo a domicilio. Tomasewski se endurece: Mi hija no quiere salir de su cuarto. Precisamente, le dice

Roxi, por eso mismo tiene que traerla. Le vendrá bien respirar en el camino otro aire, el mar, el campo. No, dice Tomasewski. La naturaleza ayuda a sanar, señor Tomasewski. Tenés que venir, dice él. El tuteo alerta a Roxi: Le traigo agua. Tiene que relajarse. Tomasewski sigue duro. Respire que ya vengo, le dice ella. No quiero agua. Y estoy respirando. Roxi prueba ser cálida: Trate de comprender. Y él: La que no comprendés sos vos. Elsie está muy mal. Ya le dije, sigue Roxi. No atiendo a domicilio. Además hoy tengo más pacientes. Tomasewski la agarra de un brazo. Ella quiere zafar, pero la mano de Tomasewski es una tenaza. Forcejean. Hasta que Tomasewski le pega un sopapo. Vas a venir, rusita. Y la arrastra hacia la puerta. Voy a llamar a la policía. Tomasewski le aprieta el cuello: Vas a venir calladita. Y si abrís la boca, te rompo la cara. Tomasewski le sujeta el brazo. Calladita. Ninguna escena. Y salen a la costanera. La mete en el rastrojero. Y quedate quieta. El rastrojero tarda en arrancar. Tomasewski mueve los cambios varias veces. El rastrojero arranca. Calladita, repite Tomasewski. La vas a curar. Quizás sea necesario internarla, sugiere Roxi. Está temblando. A vos te van a internar si no la curás. Después viajan callados. Roxi ni se anima a girar y mirarlo. Se dice que apenas Tomasewski rebaje la velocidad en el peaje se va a tirar. Pero el padre se anticipa: Ni se te ocurra. Otra vez el silencio. Al entrar a la Villa, Roxi trata de elegir una oportunidad. Pero no la encuentra. El rastrojero sigue veloz hasta la ferretería. Y entonces, cuando Tomasewski estaciona en la casa al lado de la ferretería ella se lanza a la vereda y empieza a gritar auxilio. Ella corre, Tomasewski va tras ella pero un hombre lo para. No puede sacarse de encima al tipo. Vienen otros. Hay trompadas. Lo tienden en el piso. Llaman a la policía: Mi hija está sola, grita. Dejenmé, Elsie está sola. Llora.

99

El huracán se ve venir desde casi mediodía. Por la tarde se suspenden las clases y los chicos a casa. Negocios y kioscos que cierran. Al atardecer las nubes oscuras vienen del sur. Las olas se van tornando más altas, se elevan amenazadoras y la espuma se esparce en el viento fuerte. El mar empieza a ganar terreno sobre la playa. Cada vez está más oscuro. El agua se acerca a los pilotes de los balnearios. En los asentamientos saltan los techos de chapa, se trancan puertas y ventanas. Las alamedas se vacían. Los troncos se doblan. Y en el Barrio Norte, el peligro de unas tejas volando. La tiniebla del anochecer vuelve impenetrable el bosque. La tormenta azota la arboleda. Las ramas secas se quiebran y caen. Unos eucaliptos añosos se derriban. Se oye el golpe de postigos mal cerrados. Los relámpagos son enceguecedores y los truenos tiemblan en la tierra. La arena se arremolina con fuerza, una turbulencia que lastima los rostros que aún no se guarecieron. Más vale correr y buscar refugio. Y también poner los autos bajo cubierto por si graniza, porque seguro habrá de caer piedra. Pronto la tormenta se ha cerrado sobre la Villa y nadie que asome ni por curiosidad para apreciar la fuerza destructiva de la naturaleza. La lluvia, que al principio consiste en unos goterones espaciados, se vuelve más nutrida. No sería raro que se cortara la luz y la Villa quedara a oscuras, como suele pasar cada vez que un vendaval de esta potencia lo envuelve todo, tira antenas y arranca tendederos. Hay ropa volando como vestida por fantasmas. Seguro que la luz no habrá de volver hasta que el desastre haya pasado y no sabemos cuándo. Recién entonces saldrán unas cuadrillas de la cooperativa a reparar los destrozos. Así que habrá que armarse de paciencia y esperar. Pero no todos estamos acostumbrados a esperar. Lo nuestro, aunque disimulada, es la ansiedad. Un estado activo, así la define la espera el Libro de las Mutaciones. Por suerte en el hotel, como si se tratara de una previsión de lo tenebroso, siempre hay velas. Aunque no se debe a una afición a lo gótico, en el hotel están acostumbrados a la penumbra mortecina por las tantas veces que la cooperativa corta el servicio por falta de pago y entonces Moni se dará una vuelta por la cooperativa a suplicar una prórroga. La luz de una vela en una botella puede reflejarse en el vidrio de los lentes el libro que está leyendo, enyesado, Lazlo: *Crimen y castigo*. Además del yeso en un brazo y la faja en la columna, se encuentra en un estado de fragilidad, los calmantes lo han acorralado y no puede hacer mucho más que leer a Dostoievski. Hay instantes en que lo vence un sopor y, afiebrado, dormita y, al abrir los ojos, habita en la pocilga del joven Raskolnikov que se dispone a matar a la vieja usurera. En el cuarto de al lado, Aniko, inmersa en el Libro de las Mutaciones, lee abstraída del estruendo del temporal. No estés triste, lee. Debes ser como el sol del mediodía. La plenitud está en ella y, si cierra los ojos, cree advertir unas radiaciones de luz, una levitación que, ascendiendo, le permite ver por encima todas las sudestadas del planeta. Moni está orgullosa de haber transmitido a sus vástagos la pasión de la lectura. De acuerdo, los chicos tendrán sus problemas, típicos del crecimiento de seres espirituales. Pero también un beneficio de la lectura es que los mantiene entretenidos. Y, aprovechando la furia del vendaval, que le resulta inspirador, entra en su habitación, se desnuda, y se entrega a la escritura, los dos amantes, él le chupa las tetas, se precipita entre sus muslos y pega sus labios a la entrada del templo embriagándola en un tornado de pasión. Su pija es un garrote. Un trueno la estremece. Pero la erección no cede.

100

Aunque sabemos que vamos a morir y la fecha no la tenemos decretada, actuamos como si fuéramos eternos y así nos va cuando lo importante para nuestra salud mental sería aceptarnos como transitorios. A Greco lo destruye pensar en la transitoriedad, cuánto falta para el fin de su mandato como intendente municipal, si será reelegido. Así piensa esta mañana mientras se viste y tarda eligiendo qué camisa ponerse. Cuanto antes se cierren las cuestiones pendientes con los desarrolladores inmobiliarios, mejor. Ya falta menos. Se perfuma. Y que sus hijos sean problemas no le quita el sueño. Que Mariano y Malena vivan falopeados le parece un problema menor. Son cosas de la edad, se dice. Y si se ponen difíciles, tiene suficientes contactos como para encontrarles una buena clínica de recuperación. Su mujer sí puede ser un problema grave. Que la terapeuta le haya calentado la cabeza con el rollo de la separación no le causa gracia porque implicaría división de bienes, entrar en discusión por la guita depositada en Suiza y Caimán. La plata no es todo, Edu, le dice ella. Existen otras cosas. Y él: No me hagás reír, le contesta él. Y se pone a enumerar los gastos de su mujer. Puedo vivir sin todo eso, le dice ella. Estoy haciendo lo que tengo que hacer, reencontrarme con mi camino interior. Explicame para qué querés una división de bienes, le dice él. Porque es lo justo. Porque no me voy a quedar en bolas a los cuarenta. Con las gomas nuevas no te van a faltar chongos. Chongos me sobran ahora, querido, dice ella. Y entonces por qué te querés separar, pregunta él. Para empezar una nueva vida, contesta ella. Y tanta guita precisás, dice él. Mariana se pone firme: Si yo llego a abrir la boca, insinúa mordaz. Greco es político: De acuerdo, Mariana. Dialoguemos. No podemos estar todo el tiempo perro y gato. Tratemos de ser racionales. Yo te quiero a pesar de las diferencias. Vos sos más sensible. Y yo tengo la piel más dura. Fijate, todo lo que hago lo hago por vos, por los chicos. Acá hay mucho amor. Amor del bueno. Me hablás como a una amante, se burla ella. Mi único amor siempre fuiste vos, tonti. Somos un equipo. Nos llevó años tener lo que tenemos. No lo vamos a dilapidar por egoísmos personales. Vení, abrazame. Greco se le acerca. Ella primero recela, retrocede, desconfía, y después más blanda, deja que él la abrace, le acaricie el pelo, le dé besitos en la frente. Por qué sos así, le pregunta ella. Y él piensa: Un día de estos vas a irte a la banquina del camino interior. Pero dice: Y si hacemos el amor. Mariana lo deja hacer, que por una vez en siglos la desnude no pasa nada. Y piensa: Un vaso de agua no se le niega a nadie.

101

De entrada, Javier Martini, el nuevo jefe policial, cae bien en la comunidad. A diferencia de Barroso, Martini es un tipo atlético, pintón, fachero, y sabe expresarse de modo amable y a la vez terminante. Apolíneo, un auténtico macho, según Moni. Pero para todas las que puedan tener fantasías con él, su mujer es un bombón que no pasa de treinta. Sonia, morocha de belleza botinera, según las malas, imposible que pase desapercibida, y pronto se conquista a las madres del Jardín del Mar, donde manda a sus dos chicos, Martín y Paola. Cualquiera, a primera vista, se da cuenta de que Martini es un tipo bien plantado. Tiene estilo, piensa Moni. Sus métodos tampoco son los de Barroso. En su primera semana Martini entra una noche por El Monte. De civil, campera negra de cuero, jeans y unos borcegos. No anda calzado, no parece necesitarlo. Su sola presencia impone respeto. Si el tipo es capaz de mandarse solo por el barro y el chaperío, mejor no joder con él. Y como muestra, una anécdota. Se para frente a la tapera de los Silva y sale el más chico, Taquito, de cuatro. Martini mete la mano en la campera y saca un chocolatín. Está tu mamá, le pregunta. Florencia, una mujer teñida, hermana del Bichi y el Canoso, sale a ver. Quién la busca, pregunta ella. Soy el nuevo jefe de la departamental, contesta él. Y de ahí, le pregunta ella. Es una bomba cumbiera, muchas curvas. Pasé a saludar, dice él. Florencia está en guardia. Taquito le tira de la manga a Martini. Saca otro chocolatín. Mirá vos, dice Florencia, alto guacho el capo. Gracias, dice Martini. No quiero bardos en la zona. Decíselo al Canoso, si lo ves. Si me la hacen difícil, los pongo a todos. Y después, hacia el pibe: No tengo más, campeón. La próxima te traigo más. Y hacia ella, por lo bajo: Será mejor que no haya una próxima. Antes de irse: Fue un gusto, Florencia. Ella asiente. Así, una advertencia, parece que fue la visita de Martini en El Monte. La voz se corre también por La Virgencita. Un lunes a la mañana Martini pasa por el local de *El Vocero*. A la gente importante me gusta conocerla personalmente, le dice Martini. Se dan la mano. A Dante no le gusta que le quede su perfume en la mano. Saca alcohol, se frota las manos: Higiene, dice Dante. Yo voy por derecha, le dice Martini. Me alegra, le dice Dante, saca el atado, le ofrece uno. No fumo, le dice Martini. Pero podemos compartir un whisky cuando quieras. Más tarde, mientras toman un café, Virgilio le comenta: Cayó bien al pueblo. Pero no hay que apurarse, Dante. Josema, el trolo de Bijou, la boutique de la otra cuadra, lo tiene del Sheraton de Mar del Plata. Tiburón blanco, le dicen. Por, pregunta Dante. Cada tanto se come un tipo.

102

Cuando se pasa cerca del Habsburgo podría pensarse que esa residencia venida a menos está abandonada. Y que Tobi, prolijando la ligustrina que lo rodea, es un guardián celoso de los secretos que levitan callados en su interior. Sin embargo, si uno pudiera acceder, advertiría que en esos cuartos, pasillos, recovecos, desde el sótano hasta el mirador, en cada rincón, allí se agazapan los sueños de sus moradores. En qué andan tu patrona y los dos raritos, le preguntamos a Tobi, que está podando unas tacuaras. No hablo de los asuntos que no me incumben, contesta Tobi con una vanidad inocultable. Se acerca el verano, en este fin de octubre ya hay días de calor extremo, agobiante. A la hora de la siesta, en la quietud, solo se oyen los movimientos de Tobi haciendo algo en el jardín. La señora se acoda en la ventana. Si puede traerle una jarra de agua fría, le pregunta. Tobi tira a un lado la tijera y entra corriendo, sube los peldaños de a dos, sus pasos retumban. Al entrar en el cuarto se frena en el vano. Ella, en kimono, toma la jarra, llena un vaso, bebe. Y lo observa: Será cierto lo que se dice de vos, Tobi. Se le entreabre el kimono. Y Tobi balbucea temeroso: No sé, señora. La gente dice cada cosa. Le hablaron mal de mí, pregunta. Después, con cuidado, tanteando, ella le afloja el cinto, deja caer el pantalón. Tobi no usa calzoncillos. Que sos un burro, dicen. Y, por lo que veo, es cierto. Tobi baja la cabeza, avergonzado.

103

La pavana para una infanta difunta de Ravel recorre con su melancolía el mostrador de la ferretería, los estantes, las cajas de herramientas, las piezas de sanitarios, las palas, los zapines, los destornilladores, los martillos, las cajas de clavos, los rollos de alambre, todo. Y aun cuando Maurice Ravel no se propuso, al componer la pavana, aludir a una joven en particular sino evocar un tributo nostálgico a la música española, su melodía no deja de respirar una tristeza envolvente, y Elsie, al escucharla con los ojos cerrados, se sume en un ensueño. Pensá bien la pregunta, le dice Aniko abriendo el Libro de las Mutaciones. Porque como a Elsie una vecina le dijo que esa chica tenía poderes y debía consultarla, y otra vecina también, además de una amiga que venía cada vez menos a visitarla mientras sus dedos deformes se tornaban cada día más retorcidos y, por más que lo negáramos, correspondía aceptar que en su deformidad eran tétricos. Entonces tratábamos de no mirarla. Y para no hacerlo, porque había un regocijo morboso en la deformidad, dejamos de comprar en la ferretería atendida por la hija mientras el padre continuaba detenido: los leguleyos no terminaban de ponerse de acuerdo y se preguntaban cómo habría actuado cada uno en el lugar del polaco, diferentes hipótesis que inferían un planteo de conciencia y mientras tanto, la hija se iba consumiendo entre la ferretería desierta y penumbrosa y la trastienda de donde provenía la música de la radio uruguaya. Tiene que ser una pregunta importante, una sobre algo que está en juego. Elsie obedece con los ojos cerrados y las monedas apretadas en la derecha unos minutos y finalmente las arroja. Qué dice el libro, le pregunta ansiosa. Aniko busca el hexagrama, se inclina sobre las páginas. No sabe si decirle a Elsie la verdad cuando oyen las voces que vienen del local. Elsie va hacia el mostrador. Un hombre y una mujer de guardapolvo. Le informan que tiene que acompañarlos. Es por su papá, le dicen. Qué le pasó, pregunta Elsie. Acompáñenos al hospital, por favor. Usted también, señorita. Salga. Voy con ella, dice Aniko. Usted no, la apartan. Apenas si le dan tiempo para recoger el Libro de las Mutaciones y las monedas. Elsie viaja apretada en la cabina. Por el espejo retrovisor ve cómo se va achicando el negocio, y Aniko, en la vereda, abrazando el libro contra su pecho, escucha lejano un piano porque Elsie no tuvo ni tiempo de apagar la radio. O tal vez la dejó encendida como una forma de quedarse.

104

Por supuesto, hay historias de amor entre nosotros, y la de Elsie yendo al hospital a visitar a su padre que sufrió un acv y ahí está, es una, boca arriba, amarrado a los barrotes de una cama, conectado a un suero. Y tiene al lado un aparato que hace bip bip. La verdad, el hospital descascarado, con ese olor entre a pata y desinfectante, desprovisto de instrumental, colapsado, te parte el alma. Y también a Elsie, que con amor le acaricia la cara con barba de días a su padre. Otra clase de historia de amor es la de Tobi, enamorado, capaz de matar por la señora pero no hace falta decirlo. Tobi no es de hablar de lo que siente y si después de entrarle por atrás a Moni esa tarde creyó que ese acto cambiaría las reglas de su comportamiento en el hotel, estaba errado. Moni se encargó de subrayar: Te agradezco, Tobi, pero como entenderás, soy una madre de familia y no podés contarle a nadie. A nadie, recalcó. No les haría bien a los chicos enterarse, esto tiene que quedar entre nosotros. Por tanto, ni sueñes con mudarte acá arriba. Así que lo mejor es que sigas en tu cabañita. Si vos estás ahí me siento más segura, lo que no significa que les cierres el paso a mis amistades. Tobi, subiéndose los pantalones, asintió obediente. Podés irte, querido. Tobi hizo una reverencia, le dio la espalda, cerró despacio la puerta y Moni volvió a sus cuadernos. Debía transferir la experiencia a la escritura. Tobi bajó los escalones con lentitud, le costaba desprenderse de la situación vivida. Empezó a silbar: I've got you under my skin. Pero lo detuvieron unas voces que venían del fondo del corredor. Se inclinó a espiar por una cerradura. Y lo que pudo atisbar fue una escena similar a la que había vivido con la señora: Lazlo y Aniko. Te amo, le decía Aniko a su hermano. Tobi se alejó en puntas de pie, negando con la cabeza, sabiendo que este también era un secreto que no podía compartir con nadie. Ni con la señora. De pronto tuvo una intuición: el verdadero amor debía certificarse con lo prohibido. En tanto, en el hospital, Elsie trataba de serenar a su padre que murmuraba una y otra vez: Hachas, hachas, hachas.

105

Anoche en La Virgencita, a eso de las diez, la policía lo paró a Marianito y le secuestró una bolsa de faso y la Harley. No sirvió de nada el llamado de Greco a Martini, que se hiciera el amigo diciéndole Javier. Martini no entró: Si hago diferencias entre un cheto y un gorrita, qué van a decir de mi gestión. Lo siento, intendente. Y, como si fuera poca desgracia la de Greco, también anoche Malena, que estaba remanija cantando a dúo con Amy Winehouse, cayó por la escalera del living pasada de alguna porquería y quedó tendida como una marioneta. Suerte que no se rompió el cráneo, dijo Greco. Son los hijos del confort, le dijo a Mariana. Y ella: No te lavés las manos. Vos pusiste la semillita. Greco, con bronca: No me jodan, tengo que laburar toda la noche en esto de la licitación. Toda la noche. Y se encerró en su escritorio. Mariana pensó rápido. Greco se había traído un arma a casa. Y el arma eran esos papeles en los que un abogado astuto, como Alejo Buenaventura, el de los derechos humanos, las víctimas de maltrato, y esto es lo que más importa a Greco, abogado de los ecologistas jiposos, no demoraría en encontrar una irregularidad. Después de la gresca Mariana dejó pasar un rato. Como buscando un armisticio entró al escritorio con una bandeja y una tetera. Acá tenés, Eduardo. Trabajá tranqui. Greco se admiró del cambio súbito de su mujer y se hizo también el reconciliado: Nos vamos a llenar de guita, mi amor. Ya vas a ver, le dijo. Hay que pensar en grande. En el té su mujer había vertido quetiapina, su somnífero atómico. Le dio un piquito cariñoso en la frente a su marido. Y salió. No debió esperar demasiado. Cuando causó su efecto la quetiapina, Mariana volvió al escritorio. Greco se había recostado en el sillón de cuero y roncaba. Mariana empezó a revisar los papeles y a sacar fotos. Estuvo un rato largo. Greco roncaba. Ni se movía. Esta es la parte en que la mujer del malvado lo traiciona y encuentra las pruebas para que la Justicia lo condene. Y acá se suspende el capítulo de la miniserie de esta noche en que Dante piensa que las historias turbias de la Villa podrían ser funcionales para la construcción de una miniserie donde los personajes se conectan, como en la vida real, a través del sexo, la ambición, el crimen. Al fin de cuentas, la realidad imita la ficción. Por qué no, se pregunta. Puesto a tender cabos lograría desentrañar una telaraña. Pero hace rato que sus fantasías literarias quedaron reducidas a unos juveniles poemas de soledad en una carpeta en el fondo del placard, donde apila los zapatos. Que los poemas quedaran ahí, pisoteados, era toda una metáfora de su talento poético, la prueba de su fracaso. Se dio vuelta en la cama. Y se durmió.

106

Ozark, le dice Buenaventura. Dante, ni idea de qué le habla. No viste la serie, le pregunta el abogado. Es sobre el lavado de dinero, inversiones que se hacen para lavar ingresos. Los narcos están metidos. Esta tarde los dos están sentados en una mesa de Pocker, al fondo, cerca de los baños. Les viene el eco de amoníaco. En el local, suave, se oye un piano de jazz. A Dante lo conmueve este muchacho que la va de héroe solitario. Cuando prendo la tele es para ver documentales del mundo animal, le dice Dante. Y saco mis conclusiones sobre la jaula en que estamos. Buenaventura, joven, progre, barba recortada, es el abogado de las causas perdidas. Separado, una hija en Capital. Tiene la pinta suficiente para matar callando. Se supone que curte con esta o con aquella, pibas progres, y también con alguna de las denunciantes de maltrato que acompaña en el juzgado. Es un milagro que sobreviva atendiendo víctimas, su especialidad. Paradise, dice Buenaventura. Y pregunta: Te suena, verdad. Paradise, porque la Villa es el paraíso de los negocios sucios. A Dante le suena. Está por estallar la bomba, le dice Buenaventura. Tengo los papeles de la licitación, toda la truchada. Y la lista de los involucrados. La lista de quienes fueron cometeados y cuánto percibieron. No solo es ilegal porque el emprendimiento atenta contra la ecología. Es tierra fiscal. Ahora todo el pueblo va a saber quiénes están metidos, desde Greco y sus subalternos hasta miembros del Concejo Deliberante. Y con eso, le pregunta Dante. Esta mañana presenté la demanda contra Paradise y la municipalidad. Así que ahora defendés a los hippies, dice Dante y saca los cigarrillos, Buenaventura no fuma. No solo a los hippies. A todos. Y te incluyo, Dante. O te importa un carajo vivir en un lugar limpio. Dante: Y me trajiste algo para que publique. Buenaventura le entrega un sobre. Acá tenés. Y vos, le dice Dante, te pensás que los comerciantes, los fenicios, van a estar en contra. Y el otro: Esperá que salte el bardo. Van a quedar muchos culo al aire. Dante mira el sobre. Ya sé que vos tenés una buena pauta y atenciones de la muni. Pero esto no lo van a poder tapar. Además, beneficio secundario, *El Vocero* va a vender más ejemplares. Dante sigue sin tocar el sobre. Pensativo, mira más allá del abogado. En el mostrador, en la entrada, está Martini, el comisario nuevo, altivo y ganador, tomándose un café. Mira hacia ellos en el fondo. Lo vas a publicar, insiste Buenaventura. Dante: Dejame ver, Alejo. Y aclara: la edición de esta mañana ya está en taller. Y hasta la semana que viene no puedo hacer nada. Me lo imaginé, le dice Buenaventura. Igual ya lo tienen en el canal. Nadie podrá hacerse el boludo. Dante agarra el sobre. Los dos salen. Y al pasar por el mostrador se saludan con el policía. Campechano, los saluda: Trabajando, les pregunta. Trabajando, responde Buenaventura. Y vos, le pregunta Dante. Trabajando, dice Martini. Y se agranda: Aunque no hay mucho que hacer. Desde que vine el pueblo parece un remanso. Buenaventura sonríe: Un paraíso, jefe.

107

Slam. Cuando una puerta se cierra, otra se abre. Eso dicen. Pero esta mañana, nos imaginamos más tarde, a Greco se le abren y cierran bien cerradas todas las puertas. Está sacado. Mariana, grita, la puta que te parió. Dónde estás, la concha de tu madre. Las puteadas no le abren ninguna puerta y menos una que podría rescatarlo del abismo donde viene cayendo y ni una rama de dónde agarrarse y abajo los cocodrilos. Cae en picada. Nos imaginábamos cómo se había puesto cuando Damonte, el de Planeamiento, su mano derecha, le vino con el amparo y la denuncia más la lista de involucrados. Abre otra puerta, la del baño en suite. Y en el espejo, con rouge, lee: Comprate una vida, boludo. Greco busca a los chicos, ni rastros. También se hicieron humo. Tiene que revisar las cuentas. Entra en la compu. Casi cero. La turra le vació las cuentas. Abandonado, busca el whisky. En pelo, lo toma. Un caso, otro. Precisaría una raya. Busca otra vez en el cuarto de los chicos. En los dos, solo tucas. Lo que menos precisa es colgarse como un boludo. No le queda otra: llama a Martini. Ya me enteré, le responde el comisario. Los tengo a Rinaldi y Fonseca rastreando. Greco: Por qué no avisás a alguna central, Javier. Interpol, ponele. Martini: No seas naif, Greco. Sería levantar la perdiz. Además, un ladrón que roba a otro ladrón. Greco lo frena: No me jodas. Pensá, Greco, pensá si es que podés, le dice Martini. Y el Javier es solo para los amigos. Y yo no tengo amigos pelotudos como vos. Greco se derrumba en el sillón. Toda su vida le pasa en una sucesión de slides al hijo del cocinero de «La verdad de la milanesa», porque acá, en la Villa, somos ingeniosos para los nombres. De pronto toda la fritanga de infancia lo impregna. Abre la puerta que da a la playa que quedó abierta y la trae un golpe de viento salado. Estoy perdido, pensamos más tarde que pensó nuestro intendente en ese momento. Se quiso levantar, todo se movió a su alrededor, la misma sensación del temblor que los había agarrado con Mariana en esa playa nudista en México. Quiso agarrarse de algo. Y el corazón. Nos imaginamos que quizás entonces Greco pensó que les había ahorraba un sicario a los capos de Paradise. Cierra los ojos. Aprieta los párpados. No se entiende lo que dice. La que lo encontró esa mañana fue Nancy. Había caído sobre la mesa ratona de vidrio. La de vidrios que había que juntar. Pero ella no iba a hacerlo. Antes de avisar a la departamental le revisó los bolsillos. Encontró unos dólares de cien y unos pesos. Dejó los pesos y se hizo los verdes. A la pobre la sospecharon cuando fue a cambiarlos a La Buena Fortuna. La tuvieron un día y Martini la largó al siguiente. Limpita salió. Porque los verdes quedaron en la departamental.

108

Esa misma noche Dante camina por su departamento de una pared a otra. Es tarde, más de la una. Ha desparramado las fotocopias sobre la mesa entre novelas policiales, una botella de vino casi vacía, un sifón, un cenicero repleto y los restos de un bife de costilla con un pan mordido. Mira el mar oscuro, el reflejo parcial de la luna y las noctilucas, esas fosforescencias cada tanto. Y piensa sin demasiada convicción que el mundo tal vez podría salvarse si los responsables no fuéramos todos. Pero cuando el mal es todos entonces nadie es responsable. Se trata de individualizar. Comprender, se dice, los atenuantes de cada uno. Pero comprender no los salva. En el negocio de Paradise Harbor son muchos los que mordieron. Están los que mordieron y los parientes y amigos de los que mordieron, aquellos que recibieron un tarascón de parte de los coimeros. Y no pocas de sus relaciones. Así, los hijos de fulano o mengano que recibieron guita para levantarse una pieza más en su propiedad, los que pudieron cambiar el auto, los que se hicieron un viajecito a Miami y, tal vez más perdonable, que con la tarasca les fue posible costear la estadía de los hijos estudiantes en la ciudad, o pagar a la señora la operación de cáncer en una clínica privada, etcétera. El etcétera puede ser vasto. Hay todo un árbol del mal frondoso que va creciendo, hay que ver la raíz, el tronco, las ramas, las hojas. Son tantos los que se cuelgan del árbol como los que duermen la siesta de los presuntos justos que se justifican bajo la sombra de la copa. No le preocupa publicar un editorial y la información que le pasó Buenaventura. Le preocupa no publicarla. Qué cambia una denuncia, un tono moral en prosa ciceroniana. Si la publica, en lo inmediato, pierde la publicidad de la municipalidad y varios de los comercios cuyos dueños bancan *El Vocero*. No le será fácil seguir editando. Alguien tiene que plantarse, ese editorial que ya redactó mentalmente, y debe plantarse y decir no. Yo soy uno que dice no. Soy ese alguien que, mientras lo dice, los otros no saben si darse por aludidos o, poniéndose del lado de la moral, antes de aplaudir midan las consecuencias del aplauso. Y mientras piensa pasa al whisky y se acerca otra vez a la ventana y el ladrillo que la rompe. Tiene un papelito atado.

109

Fueron dos hechos simultáneos. La caravana de autos siguiendo el coche fúnebre en el que viajaba lentamente nuestro intendente, y detrás unos alta gama, vidrios polarizados, unas cuatro y después varios autos. La procesión la encabezaba el Audi de Damonte. No llamó la atención la ausencia de Mariana, Mariano y Malenita, que seguro habían pasado a mejor vida en las playas de Coast Gold, Australia, donde Mariana tiene una hermana. El féretro iba escoltado por los sospechosos de siempre, los nombres comprometidos en el affaire Paradise. No fue precisamente un velorio popular, pero supo destilar una brisa de suspenso en esa mañana gris y ventosa y fría que enrojecía las caras y ponía las manos en los bolsillos buscando tibieza. La caravana partió desde la municipalidad. Y avanzaba en sentido contrario a la marcha nutrida de los ecologistas opositores al gobierno comunal: artesanos, feministas, militantes desgreñados. Venía encabezada por Buenaventura, desafiante. A su lado, del brazo, en esa primera fila, una piba flaca, casi rapada, de lentes negros, que tenía su estilito y, según imaginamos, no podía ser solo una manifestante por el modo en que lo aferraba del brazo haciéndose la notable. Por una Villa limpia y pura. Aguante la Villa, decía un cartel. Salvemos el sur, otro. Y otro más: Soberanía playera. Y otro: Salvemos la naturaleza. Dante pudo ver que eran en su mayoría mujeres y adolescentes, que no había chetos y que precedían la marcha, como coraceros, guardavidas veteranos, hippies envejecidos de rodete canoso, generación Woodstock. Tal vez no todo estaba perdido, se dijo. Los comerciantes y nosotros, los parroquianos de Pocker que salimos para contemplar cómo se cruzarían la caravana al cementerio con los manifestantes contra la muni. Habría gresca. La bronca estaba en el aire entre las cacerolas, los petardos y las consignas gritadas a coro y los autos silenciosos, desplazándose como orugas metálicas. Andate al infierno, turro, le gritaron al fúnebre. Y varios corearon: Se va a acabar, se va a acabar, esta costumbre de chorear. Los chetos y no tanto de la caravana fúnebre respondieron: Negros de mierda, vayan a laburar, drogones. Por suerte algunas de las hippies interfirieron: Paz y amor. Y unas que sabían inglés: Give peace a chance. Y aquí no pasó nada. Pero iba a pasar, se dijo Dante. Las cosas no iban a quedar así. Virgilio, a su lado, también en la puerta de Pocker. Lo acompañaba en la observación. Que en paz descanse, dijo Virgilio, piadoso, aunque Dante no le creyó mucho el sentimiento. Cerraba la caravana un auto patrulla recién salido del lavadero: venían Martini, Rinaldi y Fonseca, los tres con sus Rayban de sol. Y que nosotros también podamos descansar en paz, dijo Dante. No será fácil. Y Virgilio: Va a llover.

110

En la pared, un mapa del país, al lado, otro de las islas. Desde arriba del pizarrón, San Martín ya viejo, la mirada adusta, dominando el aula. La señorita Amanda habla sobre la idea de igualdad ante la justicia. Lazlo ocupa el último pupitre de la clase. Desde ahí puede ver las nucas de sus compañeros, los rapados, los teñidos, las que se afeitan de un lado, las de pelo azul y rojo, piercings en las orejas, tatuajes en el cuello. Y aunque parezcan distintos son todos iguales, en unos años ya estarán ellos casados, ellas preñadas o dando la teta, reproduciendo seres iguales a ellos porque la función debe continuar, agachando la cabeza, haciendo delivery, manejando un remís, haciendo changas con su padre albañil, o barrenderos de la municipalidad y ellas en una tienda, mucamas por hora, empleadas en un súper, atendiendo un kiosco, cortando uñas en una peluquería. No le prestan atención a la señorita Amanda, aunque si se la prestaran, sus destinos no serían distintos. Están demasiado tarados por la pobreza, la cumbia, la birra y el faso como para fabular un rescate mínimo. Su máxima proeza ha sido hasta el momento desquitarse de su abulia haciéndole bullying a Lazlo. Solo pueden despertar ante una acción que los arranque de su pupitre y puedan divisar un futuro de superhombres guiados por un líder desaforado para quemar este mundo. Detrás, vendrán otros. Seremos legión, piensa Lazlo. Entreabre la mochila, saca la botella, el encendedor. Riera, Giménez y Bruni se dan vuelta a ver qué hace, lo miran entre la risita cómplice y el miedo. Lazlo prende la mecha, se para y arroja la botella al frente. Se estrella contra el pizarrón, el estallido de los vidrios, el fuego salta, salpica a la seño. Los gritos y aullidos de las primeras filas. Las llamas impiden pasar la puerta del aula. Lazlo ahora sostiene el revólver y barre con un movimiento de izquierda a derecha buscando blancos hasta que empieza a gatillar: no importa a quién le pegue, pero a juzgar por los cuerpos alcanzados y la sangre que les brota no tiene que esforzarse en hacer puntería. El revólver debería cargar seis cartuchos pero tiene solo cinco porque uno lo usó su padre. Igual tiene más proyectiles en la mochila. Y recarga. Fuego, tiros, aullidos. Salta por encima de las llamas y sale al patio. Se le cruzan alumnos, profesores, la portera. Lazlo no se fija contra quién dispara. Corre hasta quedarse sin aliento. Después camina agotado por las alamedas. Atrás, lejos, las sirenas. Entra al hotel. Llega al patio trasero. Y se arrodilla ante la pared blanca. La mira fijo.

111

El Monra no sabe tanto de plantas como Tobi. Tampoco importa que sepa más porque es Tobi quien se ocupa de clasificarlas, nombrarlas incluso en latín, de saber cuáles son sus cualidades y qué cuidados merecen y lo mismo con los yuyos, cuáles son sus propiedades curativas y lo mismo sabe distinguir los hongos comestibles de los venenosos. Tobi no es de muchas palabras, lo sabemos, pero tampoco las necesita ni le conviene. Le ha garantizado discreción a Moni y es mudo. Solo habla, y con una ternura especial, de las plantas. En voz baja, les conversa. Las mima, acaricia los tallos, las hojas, los pétalos. Si me hicieras caso con hacerte unos tés, Monra, seguro largarías el cigarrillo que te terminará consumiendo, le dice Tobi. Como a vos el amor, lo chicanea el Monra. Y Tobi no le contesta. Se cerró. Qué humor de mierda tenés, sigue el Monra. Todo porque la señora no te da más bola. Tobi no responde. Es que el Monra tiene razón. Ha perdido la frecuencia de invitaciones a subir a su cuarto. Desde que Lazlo se mandó la gran cagada, el hotel, si antes venía decayendo, ahora viene en picada. La última vez que Moni lo llamó fue después que Martini y los otros se mandaron un operativo exagerado, las sirenas, rodearon el hotel, y todos los canas vinieron a llevárselo mientras Moni lloraba desgarrada y tironeaba del pibe mientras lo esposaban. Lo tuvieron unos días, y para evitar que los padres y vecinos indignados tomaran la comisaría, se lo arrancaran y lo ahorcasen, fue trasladado provisoriamente a Batán, donde los internos se encargarían de castigarlo si no lo mantenían en una celda aparte. Ese mediodía, después que se lo llevaran, Moni llamó a Tobi. Necesitaba descargar la tensión. Lloraba desconsolada mientras Tobi le daba por atrás. Y después nada. Pero el periodista sí la ha visitado, le dijo el Monra. Una flor del mal, la señora. Tobi está en otro planeta y el horno no está para bollos, razón suficiente para no insistirle con la preguntas porque el demonio anda por acá. Y la que parece saber bien que un fenómeno extraño se apoderó de sus destinos es Aniko, que se pasa el día con el Libro de las Mutaciones. De memoria se lo debe saber, piensa el Monra. Cada día más rara está esa chica agarrándose la barriga con una cara de boba dulce.

112

Mientras Tobi calienta el motor del Citroën Elsie entra al hospital para estar con su padre mientras Moni y Aniko se acomodan en la cabina mientras Tomasewski duerme conectado al suero y tal vez duerma todo el día mientras los tres viajan en silencio cruzando el campo en dirección al penal mientras el hospital entero todavía permanece en calma aunque ya empiezan a nutrirse las filas de pobres y dolientes en las puertas de los consultorios de las diferentes especialidades y un perro maltrecho y desflecado se pasea oliendo los pacientes mientras el Citroën pasa por debajo del arco de entrada de la penitenciaría mientras Elsie se inclina sobre la cama de su padre y le da un beso en la frente y le dice una oración en polaco mientras Lazlo camina al encuentro con su madre rejas de por medio y ella le entrega una sonrisa lacrimógena mientras Tomasewski desliza un brazo sobre la sábana amarillenta y pretende agarrar la mano arruinada de Elsie mientras Aniko detrás de su madre le dirige a su hermano una mirada entre conmiserativa y estúpida mientras Elsie le acaricia el pelo a su padre mientras un carcelero aparta a Tobi que obedece asintiendo mientras una enfermera se arrima a la cama de Tomasewski mientras el carcelero le toca el hombro a Moni que refunfuña porque la visita ha sido corta mientras la enfermera le cuenta a Elsie que el hombre gritó toda la noche hasta que lo doparon mientras Lazlo le explica a su madre que este calvario es parte del camino que deben atravesar los profetas al anunciar una etapa de transformación que será apocalíptica tal como está anunciada en la Biblia mientras la enfermera sigue contándole a Elsie que los gritos de su padre no podían ser y por eso lo doparon mientras Lazlo desarrolla su teoría revolucionaria que hará correr primero ríos de sangre y luego el fulgor purpúreo del nuevo tiempo mientras Elsie escucha a la enfermera sin darse vuelta porque su padre se ha movido mientras Lazlo dice que después los mediocres de cuerpo y alma se anegarán en sus propias heces y sobrevendrá el alba de los seres superiores mientras la enfermera le cuenta a Elsie que Tomasewski gritaba hachas mientras Moni se despide de su hijo y al marcharse le clava los ojos al carcelero morochazo y fuerte que es una tentación mientras Elsie deposita los dedos retorcidos en la palma de la mano de su padre y se la cierra de modo que sus dedos queden como si su padre los envolviera protector con su mano callosa mientras Moni al alejarse y cruzar la explanada seguida por Aniko y Tobi dice que la próxima vez va a venir sola elucubrando ganarse al carcelero que se ve más bien facilongo, lo que redundará en una más confortable permanencia del nene en el presidio mientras Elsie se pregunta cuándo su padre volverá a ver la luz del sol mientras Moni parpadea en la luz de la mañana y dice que necesita unos anteojos de sol nuevos como esos que vio en la óptica que está en la 3 mientras Tomasewski se enciende y le pregunta a Elsie qué día tocará en el Colón.

113

Parece que Taquito, el más chico de los Silva, volaba de fiebre y tenía convulsiones, vaya uno a saber qué peste se agarró. Un vecino acercó a Florencia y al chiquito que era una brasa a la guardia del hospital. Tardaban, como siempre, en atender. Colapsada la guardia en esta época del invierno, empezó a las puteadas y a patear las puertas hasta que la hicieron pasar. En esos días anduvo como loca y salió a conseguir guita para los remedios. De caño salió. Les hizo una entradera a unos jubilados. Y le rajó la cabeza de un culatazo al viejo que se hizo el macho. Martini le echó los perros. Fonseca y el Puma Rinaldi. La engancharon antes de otro atraco. Y se les fue la mano. Esa noche, mientras la reventaban a trompadas cerca de la quema, Taquito moría de la fiebre. Como no podía ser de otro modo, las malas llegan antes que las buenas. El Canoso estaba todavía en el rancho de la Tita, la vieja pistolera veterana. Que ni se te ocurra mandarte de nuevo, lo rezongó la Tita. Ya no está Barroso. Y este nuevo, el tal Martini, que se hace el fino, pinta más jodido. Yo que vos me aguanto, Cano. Pero el Cano no se aguantó. Dulce ni lo esperaba. Sabía que ibas a volver, le dijo. El Cano le aceptó una seca. Y después otra. Dulce armó varios: ahora que lo tenía de nuevo al Cano no lo dejaría ir tan rápido. La consulté a Aniko, la hija de Moni, que parece estar esperando. Moni, preguntó el Cano. Ni ahí, le contestó Dulce, la hija. Pero no vayas a decir nada, man. Moni no quiere que se sepa por ahora. Al Cano le dio risa: A quién le iba a decir. Ya no tenía a nadie en la Villa. A Dulce, tal vez, la única, pero no sabía por cuánto tiempo. Ella terminaba de armar uno y pasárselo. Bueno, le contó, el Libro me predijo el retorno. Y me confirmó que volverías. El Cano, intrigado: Y eso es bueno o malo. Dulce le contestó: Depende. El camino va y viene. El porro era poderoso. De pronto el Canoso se dio cuenta de lo colgado que estaba. Y Dulce tenía ese aliento cálido. Tenía mucho en qué pensar. Se puso a chuparle una teta y se quedó dormido.

114

Tiene que haber salido de Nancy el dato de la casa de los Greco vacía, la cinta amarilla que dejó la cana, la puerta entreabierta al mar ventoso, desierta con excepción de unos perros piojosos que habían espantado los dos gatos gordos y caprichosos que quedaron del raje de Mariana y sus hijos. Además Nancy se había quedado, por si acaso, con un juego de llaves. No es difícil deducir cómo se enteró Vero, la hija descarriada de Nancy, y haciéndose del dato y la llave se juntó con tres chorritos, consiguieron una chata y, en una noche de sudestada la pusieron de culata frente a la casa y le entraron sin necesidad de linterna, prendieron la luz y arrasaron con todo, los tres plasmas, las compus, el juego de cocina, la vajilla toda y, ni hablar, la ropa, sin contar los cosméticos, las lámparas y lamparitas, todo se alzaron y lo único que abandonaron fueron los libros que decoraban la biblioteca virgen pero antes revisaron las páginas y encontraron unos verdes. Dieron cuenta también de las latas que estaban en la heladera. Quedaba escabio variado en el barcito y no se privaron de darle, se mandaron unas rayas, y la fiesta que se hicieron. Los sanitarios y la grifería los dejaron para otra vez en que vendrían con un plomero. Listos para rajar, la chata cargada se les encalló en la arena. Y abajo, todos a empujar. Uno se apartó y le entró otra vez a la casa y decoró la alfombra persa central con unos soretes.

115

La gran amenaza, cuando hablamos de seguridad, viene de los asentamientos, pasando la circunvalación y más allá. La circunvalación es la frontera. Los del otro lado son otros. Fijate que son marrones, son indios. Mestizos, unos cuantos. Y blancos, apenas. De ahí viene el miedo, lo pensamos pero no lo decimos. Pareciera que siempre estuvieron los plaga. Pero no, los trajeron los políticos, cada candidato a intendente fue trayendo su gente para ganar la elección y ahí los tenés, cogiendo como conejos, reproduciéndose, necesitados de todo, rebuscándosela como pueden, enfermos, acudiendo al hospital colapsado, afanando un supermercado o, sin ir más lejos, robando las compus de una escuela. Si no tienen más que para una polenta, explicame cómo los pibes no van a andar en la falopa y a salir de caño. Por supuesto, dicen los progres, hay que darles asistencia, oportunidades. Y con opinar de esta manera tranquilizan sus almas. Los buenos y honestos vecinos del Barrio Norte y del Sur no piensan lo mismo. Falta policía, dicen, y no solo porque es cierto, la dotación de la departamental es escasa y tiene tres o cuatro patrulleros destartalados que lo más que hacen es sonar la sirena. Y ni hablar de los arreglos que tienen con los chorros y los dealers. Transa, querido. Así que no esperes demasiado. Además, date una vuelta por el juzgado y te vas a encontrar con las denuncias de maltrato y abuso, que no son solo costumbre de los pobres porque también ahí te están esperando no solo las pobres. También minas de clase media que, pasado el momento de bronca de la denuncia van y la retiran. Obvio que hay laburantes en la Villa, están los albañiles, los gasistas, los plomeros, las empleadas de los negocios lastimosos de la principal. No hay que generalizar. Acá en la Villa no hay solo feos, sucios y malos. Dante se pide otro whisky. Le aburre discutir. Y escucha la conversación de los parroquianos de la noche que discuten cómo arreglar el mundo, que es esta caldera del diablo. Si no querés ser víctima tenés que ser victimario, dice aquel que se compró una glock y sentencia: Que vengan nomás. Lo cierto, dice otro, es que si los desgraciados se apiolan un día van a bajar de los asentamientos y van a escuatear las casas vacías que se guardan para alquilar a los turistas del verano. Un día bajan en malón y los tenemos acá. Y entonces qué. Uno mira a Dante, que tiene la vista congelada en el vaso y hace tintinear los cubitos: Vos qué pensás, escriba. Preferiría no hacerlo, contesta Dante.

116

Apenas puede murmurar algo inteligible, apenas puede torcer la cabeza a un lado, apenas puede maniobrar la silla de ruedas y, así, hundido en la silla, mientras Elsie le da una sopa o una papilla porque perdió la dentadura cuando lo agarraron en la principal atacando a la rusita, Tomasewski es un esperpento por más que la hija lo afeite todos los días, lo bañe una vez a la semana y se empeñe en mantenerlo acicalado en un rincón de la ferretería mientras ella atiende los pocos clientes que le quedaron al negocio ya que no es la misma atención la que brinda la hija, lo cual se considera lógico ya que ella nació con una sensibilidad, esa que la predisponía a la música, arte de las artes, como decía el padre, una sensibilidad que se exacerba en la medida en que ella tiene que dedicarse a dos actividades que lijan sus esfuerzos de buena voluntad, la atención del padre y la del negocio. Si la primera constituye una degradación recíproca como cuando debe cambiarle los pañales, higienizarlo y deshacerse de sus deposiciones, ese olor que intenta sofocar con perfume, la segunda, estar detrás del mostrador, es una perpetua humillación porque ignora la mayoría de las veces dónde ubicar el pedido que puede ir desde una tuerca de nombre ridículo hasta el componente de un motor que en su vida escuchó nombrar y entonces debe acudir a su padre, que cabecea orientándola, pero su rostro lo que sugiere no es tanto fastidio como una frustración concentrada que, en ocasiones, deriva en unos berrinches patéticos, babeos y gruñidos guturales y entonces Elsie, avergonzada, empuja la silla hacia el interior de la casa, el dormitorio matrimonial, y cierra la puerta con llave hasta que se le pase. Pero la parte más angustiante del cuidado de su padre es cuando al mediodía hay sol, baja la persiana y tiene que sacarlo a ventilar, cuando empuja la silla por la arena hasta el muelle y pone toda su energía en hacerla rodar las cuadras que faltan para llegar, que no son pocas. Y una vez que consigue hacerla avanzar hasta la rampa, jadea: Ya está, papi. No sabemos si con esta frase alude a una misión cumplida o si esa misión cumplida no consiste en otra cosa, el estar cerca de un acto tan deseado y compasivo, ese movimiento que bastaría para despedir al padre al vacío, a las olas fuertes y espumosas que rompen contra las columnas. El padre se agita cuando llegan al borde. Tal vez se excita contento de ver el mar, pero también puede ser que tenga ganas de saltar y ponerle fin a su tragedia, aunque, como sospechan los pescadores que miran de costado, su frenesí puede ser entendido como el terror a que la hija lo arroje. En tanto, a la hija le duele no solo pensar en hacerlo, le duele sentirse capaz de hacerlo, pero más todavía le duele no hacerlo.

117

En menos de cuatro días Damonte asumió en el cargo de intendente interino, perdió el sueño, perdió la seguridad y perdió la claridad. Que Mariana levantara la perdiz del arreglo con Paradise Harbour y reventara de un bobazo a Greco, que la lista de involucrados saliera en la tele local, en el periódico y la levantaran los medios del país, bastó para ponerlo en alerta al exsecretario de Planeamiento. Nos fumamos la guita, les planteó a los concejales comprometidos. Y ahora van a venir por nosotros. En cualquier momento, en el momento menos pensado, escucharemos una ranchera y vendrán los narcos. Vos viste muchas series, le dijo uno. Te infectaron el marulo, Damonte, le dijo otro. Y un tercero, que buscaba calmarse: Estamos muy lejos. No obstante, Damonte había empalidecido y con la boca torcida hacia un lado trataba de seguir con la cotidiana como si lo sucedido no lo afectara y aquí no pasó nada. Decidió reunir un martes a la noche a los abrochados del Concejo Deliberante, hizo una reunión en su casa en el Barrio Norte mientras su mujer y dos hijas estaban en las cataratas en unas sugestivas vacaciones. La casa, un chalet antiguo refaccionado, muebles de algarrobo, cuadros comprados en una casa de marcos, paisajes marinos, un payaso llorando. Los vasos de whisky corrían. En la reunión participó también el jefe

Martini, que vino a garantizarles calma. Cagados en las patas, dijo Martini. Una vergüenza, hombres grandes, opinó. Tenemos familia, dijo Gancedo, el de la cementera. También yo tengo, lo cortó Martini. Este, mientras esté yo, es y será un lugar seguro, dijo. Y remató: Que quede claro. Martini era el único que no bebía alcohol. Damonte dijo que no dudaba del profesionalismo del jefe de la departamental, pero tal vez no contaba con el personal suficiente. Usted preocúpese por seguir desmintiendo al periodismo y asegúrese un buen estudio jurídico. Se lo digo a usted y se lo digo a todos, caballeros. Martini jamás perdía el aplomo y, en el trato, de usted a todos, ponía una distancia, mostrando que él era diferente a los otarios, aunque su participación en la reunión se debía a un arreglo previo con Damonte. La reunión había terminado. Y Martini se quedó un rato más. Aceptó entonces un whisky. Más tranquilo, le preguntó Martini. Aunque Damonte tenía una bersa en un cajón de la cocina y otra en el dormitorio bajo el colchón, se sentía más seguro con el cana al lado. De no ser por vergüenza le habría pedido que se quedara a dormir. Tranquilo, contestó Martini. Le puso una mano en el hombro. Damonte lo acompañó hasta la puerta. Era agradable la noche fría, serena, el perfume de la arboleda. Y la luna llena. A lo lejos se oyeron unos tiros. Damonte se sobresaltó. A Martini le causaba gracia el temor del otro. Unos chorritos, seguro, dijo. Mi gente se habrá ocupado. Escuche otra vez qué calma. Este lugar es soñado. Esa fue la noche en que el Canoso entró al pool La Bola Loca para liquidar al Puma Rinaldi y a Fonseca. No le salió bien. Un buche les había avisado que el Canoso andaba por acá. Apenas lo vieron entrar fue el tiroteo. El Canoso liquidó al Puma. Y Fonseca al Canoso. Quedó tendido sobre una mesa, la sangre expandiéndose sobre el mantel verde de lana sintética.

118

Como siempre en el *I Ching*, un hexagrama cuyo título parece pronosticar una calamidad suele, a lo largo de sus líneas, revertir lo que se pensaba fatídico en una posibilidad inesperada de solución. El hexagrama 36 indica que el oscurecimiento de la luz debe ser interpretado como una lesión de lo claro. En su cuarto, Aniko se toca el vientre. Casi no se nota, se dice. Si al comienzo sintió temor gracias al Libro consiguió mantener el miedo con la rienda corta. Es como dice el Libro: cuando se alcanza el colmo de las tinieblas, una posición que puede herir a los seres buenos y esclarecidos, la situación se modifica. Como consecuencia de sus propias tinieblas el mal se hunde en el mismo instante en que vence plenamente el bien consumiéndose así la fuerza a la cual hasta ese momento debía su existencia. A Aniko la confirma en la creencia de que su karma es bueno, que su camino tiene una luz y en su ser más íntimo no hay posibilidades de acceso del mal. Su vínculo con el Libro ha equilibrado con ductilidad la combinación entre el empleo oracular y el sapiencial. Muchas veces lo ha consultado de manera oracular y, más allá de la respuesta, se encontró con ideas que debía fijar como conocimiento y debían ser puestas en práctica de modo que equilibraran su vida en armonía con la naturaleza y los seres que la rodeaban. Otras veces, cuando buscaba estudiar alguna de las ideas del libro, las lecciones de Lao-Tse y Confucio, sin pretenderlo, encontraba que estas contribuían a dilucidar una cuestión en la que estaba pensando, una circunstancia que no sabía cómo analizar y sin encontrarle la vuelta por la colectora le venía al encuentro la respuesta. Ahora, esta tarde, tiene razones firmes para creer que la negrura se irá disipando. Una modorra la va envolviendo mientras el rumor del viento se oye como desde muy lejos. En tanto, Moni, aprovechando la quietud del ambiente y agradeciendo en parte no tener nada por qué preocuparse ya que Lazlo está a buen recaudo y Aniko, encerrada en su cuarto a solas con la filosofía oriental, se mira en el espejo, entreabre el kimono, se calienta consigo misma y se dice: Te pensás que no me doy cuenta de que no sos Virginia Woolf ni pertenecés a Bloomsbury. Solo sabés dos cosas: Chupar bien una pija y escribir chanchadas. Dos artes que ella no cultivaba. Después se sienta a la mesa, abre el cuaderno y retoma la narración de una escena de alcoba en la que una criada se deslumbra con los chorros que brotan desde lo más profundo de su deseo y salpican esta página.

119

Mientras Tobi prolija la ligustrina el Monra pasa la máquina. No parece haber nadie en la casa de los Damonte. El parque es yuyaje, matas de pasto crecido. Aunque no lo llamaran, Tobi igual se vino con el Monra. Buenos clientes los Damonte. Ya pagarían. Pero algo debe estar pasando en la familia. Hace rato que no las ve ni a Agus, la mujer, ni a Nina, la hija. Muchas casas se hicieron raras después de esos días de la matanza de los perros bravos. Como si del miedo los dueños se hubieran encerrado sin volver a asomar. Habían puesto cámaras en todas las propiedades. El problema ahora era que todos los empleados de la agencia eran o habían sido policías y tenían el control de los barrios determinando zonas liberadas. Hubo familias que se hicieron humo, como la familia de Greco, todo muy extraño, porque ahora además la casa está cerrada, los postigos asegurados. Esta mañana, mientras trabajan los dos en la maleza, mientras podan, sin que lo esperen, se abre la puerta trasera de la casa, la que da al parque, sale Damonte y los saluda. Se lo ve demacrado, con cara de gripe fuerte, pero no es gripe, es más grave: encierro y terror. Levanta una mano como saludo y vuelve a meterse. El Monra, por lo bajo, comenta: Para mí, tiene la escomúnica. Desde que quedaron escrachados Greco, este y todos los chorros del Deliberante andan con cara de susto porque temen ligarla y no saben de dónde les puede venir. Tobi le contesta: Greco murió de un bobazo. Qué sabés, le pregunta el Monra. En una de esas lo hicieron cagar con veneno, opina Tobi. Mucha cometa hubo. Para mí detrás de todo hay un cartel. Tobi se sonríe, se siente más preparado y leído que el peón: Además no es asunto nuestro. En la Villa cuanto menos sabés, mejor. El Monra baja la cabeza, sigue con la cortadora. Y Tobi vuelve a la ligustrina y después pasa a unos setos que se están marchitando. El ruido de la máquina les impide ver qué pasa del otro lado de la casa, del lado del frente, la puerta de la cochera que se eleva, Damonte sacando el Mercedes verde claro, afeitado, elegante, traje y corbata. Trae una maleta de viaje, se acerca al auto, mira a los costados, sube al auto, enciende el motor y sale picando. Los dos ni lo ven. Es casi mediodía. Tobi y el Monra contemplan satisfechos el trabajo que hicieron. A Tobi le gusta el olor de la tierra, del pasto, el sol tibio que levanta una temperatura casi veraniega. Vos sos un hijo de la naturaleza, Tobi, le ha dicho Moni. Y él lo cree. Es un gran elogio. En eso piensa cuando las dos cuatro negras entran en la propiedad y bajan seis tipos enfierrados. Rodean la casa. Y al llegar al jardín los encañonan, los obligan a arrodillarse: Dónde está el patrón, cabrones. Por el acento se dan cuenta de que no son de acá. De una de las cuatro viene una ranchera, la letra habla de Tijuana. A Tobi le dan un culatazo en la espalda y cae, con la cabeza contra el césped, y el Monra corre la misma suerte: La presión, dice, que me sube la presión. Un tipo queda sobre ellos. Los otros entran en la casa, revuelven. Y cuando salen uno da la orden: Vámonos. Las cuatro, una tras otra, rajan, cruzan el pueblo, pasan la YPF, la primera rotonda, la segunda y siguen hacia la ruta. Damonte las ve por el retrovisor. Están cerca, más cerca, más. Una se le cruza y lo bloquea. Lo sacan del auto, lo pasan a una cuatro. Yo no hice nada, lo juro, lo juro, ruega. La ranchera lo aturde. Dobla en la ruta al aeropuerto, que en esta época del año está muerta. Hay una avioneta esperando.

120

Y sin embargo una tarde un pibe entra en la librería de usados de la terminal y compra un *Señales de mar*, de Saint John Perse: «Siempre existió, tras la muchedumbre orillera, ese puro agravio de otro sueño —ese más gran sueño de otro arte, ese gran sueño de otra obra—, y siempre esta ascensión de la más grande máscara, en el horizonte de los hombres, o Mar viviente del más gran texto. Y sabemos nosotros, ahora, lo que nos impedía vivir en medio de nuestras estrofas».

121

Preguntá y vas a ver. Nadie sabe por qué hacemos lo que hacemos. Habría que ver cómo cargamos la angustia, si es que sabemos que es eso lo que nos pasa. No da la impresión de que sea el caso de Moni, que sigue adelante con su novela erótica, hay mucha gente en la sala, los hombres totalmente desnudos, y ella, la cantante alemana, avanza majestuosa orgullosa de las partes más bellas de su cuerpo. La atmósfera está cargada de perfumes y sudor, se oyen risitas y gemidos, el éxtasis. Me llamó la atención cómo se le hinchaba la pija a un joven pintón en la mano de una piba encantadora, voluptuosa, el glande brillante como si hubiera estado sumergido en aceite, y deslumbrada por el grosor de un rojo vivo. Así como se le desata la inspiración a Moni también a nosotros a la hora de la siesta. Y Virgilio puede dar fe. Pasa a buscar a un empleado bancario para llevarlo a almorzar, uno que tiene que comer rápido porque en un rato está empleado en un estudio contable y entonces Virgilio vuelve a pasar, lo levanta y lo lleva. Apenas lo deja en el estudio atiende el llamado de otro, uno que aprovechando la ausencia del anterior va a su casa a cogerse a la esposa. Y también, por las noches, parejas que visitan otras parejas porque es lógico, en la semana hay fiestas misteriosas. Pero Virgilio a la noche duerme en casa. A su edad no está para tirar por la borda cincuenta años de matrimonio bastante bien avenido y perderse esas milanesas deliciosas. Así que, como trabaja de día, Virgilio podría hacer una lista de pasajeros y pasajeras, que han convertido la hora de la siesta en la mayor fuente de ingresos del remís. Y el adulterio, nadie lo puede cuestionar, es el deporte por excelencia. A veces salta un escándalo, pero se sofoca rápido. A nadie le conviene que la cosa pase más allá de unas puteadas domésticas y algún sopapo. Después de todo, nadie puede tirar la primera piedra. Cuando Virgilio se pone sociológico, Dante lo escucha. Su información es subterránea de las noticias que se publican en *El Vocero* y, a menudo, explican tal o cual medida de las autoridades municipales como la licitación que ganó Paradise, que ahora está suspendida: de haber sido una relación estable la de Greco y Mariana, si el sexo no hubiera sido reemplazado por la ambición, puede preguntarse uno, se habría cebado Greco en el poder, se pregunta uno. Pero a Dante no le resulta razón suficiente adjudicarle el escándalo de las cometas a la angustia personal de los involucrados, es tal vez un simplismo existencialista. Le cuesta no pensar en el bien y en el mal, por qué no. De qué lado están unos y otros. De qué lado está él que camina el bosque hacia el hotel donde la orgía está en su apogeo y esa joven pega sus labios a una concha. Pronto recibe todo el champagne filtrado. Burbujea en su boca y lo bebe todo. Tobi, los ojos vidriosos, lo ve empujar sigiloso la tranquera, cruzar el caminito que lo lleva a la escalera y la puerta trasera, la que da a los cuartos. Un día de estos, piensa Tobi, celoso.

122

Desmenuza bien la marihuana seca, la pone en una fuente de cerámica. Agrega aceite de oliva hasta cubrirla. Dulce pone toda la onda en la cocina. Pero le cuesta concentrarse: apenas escucha un pajarito se distrae imaginando que es Eric. Los días de Dulce ahora pasan unos iguales a otros, el amanecer se confunde con el anochecer y lo que transcurre en el medio es como si ella no hubiera estado y si perdura un recuerdo dura un montón, un instante fugaz que la atrajo por algún motivo: el aleteo de una mariposa, el cricrí de un grillo, y así. Calienta el recipiente al baño maría a temperatura constante casi cuatro horas. Dulce dice que las ausencias de Eric y Johnny se deben a llamados de arriba. Pero igual bajan a menudo. A veces ella escucha a Johnny cantarle a Eric *Shine on you crazy diamond*. Si ella no siente el duelo, es porque lo interpreta como una etapa de espera mansa para reunirse con ellos, que ya la llamarán para sumarse al canto, un susurro mientras produce el aceite canábico. Empezó en esto como entretenimiento, sin darse cuenta. Filtra el aceite a través de una tela de malla fina y elimina los restos de marihuana. Transfiere el aceite filtrado a un recipiente de vidrio sellado con tapa para su almacenamiento en frío. Guarda el aceite en un lugar fresco y oscuro para evitar la oxidación y prolongar su duración. Una de las últimas veces que la visita Moni y le pregunta cómo anda, Dulce le dice que nunca se sintió más conectada con su karma, que su nave está próxima a partir y, mientras tanto, se dedica a cumplir lo que hace, una misión de arriba: antes de irse tiene que hacerle un favor a la gente. Demasiada mala onda acá abajo, mucha violencia. Y ella tiene las aptitudes para conectarse con los espíritus. Además cuenta con el mejor porro, que crece en el jardín y en el patio trasero. En el jardín está enterrado Eric, como ya se sabe. Y en el terrenito atrás de la casa, Johnny. Eric da una flor suave, tierna como su alma. Johnny, en cambio, una más potente y energizante. Los dos le dan lo mejor de sí. Dulce aprendió a clasificar y administrar y además a recomendar cuál es para quién. Y el suministro de las dosis es gratuito, responde a una cultura de la solidaridad. Aunque no cobre, igual no le falta nada. La gente es agradecida, dice. Le traen pollos, pescado, huevos, frutas, verduras, chocolate, miel. Trueque, dice, cero billete. De este modo, vive una espera agradecida, y en armonía con su existencia anterior. Dulce se ha convertido en nuestra señora de las flores. Es feliz.

123

Cuando se le empezó a notar ella empezó a caminar distinto. Ya no era la piba Schiele tirando a enclenque. Por primera vez la veíamos más rellenita, rozagante y una expresión que ya no era la melancólica: orgullosa estaba. Como diciéndonos miren de lo que soy capaz. Esta es la Aniko verdadera, la que en su recto camino encontró la verdad, el don de vida, la plenitud. De cuánto estará, nos preguntábamos. Dante la vio cuando ella le acercó unos poemas de la madre. Que vos elijas, me dijo mami. Moni no quería perder frecuencia de publicación, le dijo. Que esto lo escribe al margen de su novela me dijo que te dijera. Era importante para ella y para el hotel. Aunque el hotel siguiera decayendo y la viuda de Esterházy, como se hacía llamar a veces para darse dique, sin un mango igual el hotel tenía su lustre, el encanto de una decadencia altiva, de manera que quienes vendrían a alojarse en temporada debían admitir que esa construcción que amenazaba derrumbarse con la primera tormenta brava ofrecía un aura de prestigio. Dejamelós, nena, los aceptó Dante. Antes de marcharse Aniko se volvió: Mami me dijo también que la visites cuando quieras. Y una vez que la chica embarazada se fue quedó pensativo. Le costaba imaginar quién había embarazado a esa chica, tenía que incubar al menos una brizna de culpa. Moni recién comenzaba a despabilarse, sin saber qué debía sentir, si ternura, rabia o compasión. Lo primero que dijo: No estoy preparada, nena. A mi edad es prematuro ser abuela. Y después: Qué voy a hacer. Aniko la miró: Quererlo, contestó. Y Moni: Es que no tenemos suficiente con tu hermano preso, preguntó. Nadie supo comprenderlo porque era un ser superior, dice Aniko. Loco de mierda el ser superior. Aniko, compungida: Tendríamos que visitarlo más seguido. Todavía no sabe que va a ser tío, dijo. Moni se pasea por la sala: Qué cambia que sepa o no sepa, querida. Tendrías que haber leído más Sade que el *I Ching*. Sabrías, le dijo, por qué recomienda el sexo anal. Por el culo no te habría pasado. No tenemos para arroz y vos te venís con un enano. Aniko puso su mejor sonrisa de inocencia: En una de esas es enana, no sabemos. Decime algo, Aniko, y la agarra de un brazo: Quién es el padre. Aniko la mira. Un ser superior. A Moni le cae la ficha: Habiendo tantos, dice. Y otra vez la pregunta: Qué vamos a hacer, decime. La pregunta es la misma, la respuesta también. Quererlo, dice Aniko. Y después: Además, quien sea, será superior, mami. Me lo dijo el Libro. Hablo de guita, hija mía. Sabés cuánto cuestan los pañales. De dónde vamos a rascar la guita. Moni trata de no exaltarse: todo lo que le importa es volver a la escritura. Pero no puede. De cuánto estás, Ani, le pregunta. Importa eso, le responde la hija. Más barato un raspaje, dice Moni. Aniko le da la espalda, la deja sola.

124

Hiciste lasagna, le dijo Martini a Sonia. Lástima que tengo que ir a Mar del Plata. Estoy tras la pista de uno. El argumento le calzaba perfecto al comisario. Otra vez Mar del Plata, dijo ella. Guardame mi porción y cuando vuelvo la desayuno, dijo. Se acercó para besarla y ella lo esquivó: Tenemos que hablar, le dijo ella. Y él le contestó. Ahora no, bonita, me esperan. Y ella: Puto. Martini, estupefacto. De qué me hablás, dijo ella. No me boludiés. Si me enteré yo, más de uno en la Villa lo sabe. Te vieron. Martini: De dónde sacaste eso, Sonia. Y ella: La madre de un compañerito de Martín, no te voy a decir quién. Cuando vuelva te explico. Puto. No levantés la voz, están los chicos. Me tengo que ir, nena. Es mi laburo. Tu laburo, repitió ella. Y agregó: Tu ojete querrás decir. Hablamos cuando vuelva, dijo él. Y pese a su resistencia la agarró de un brazo y ella intentó zafarse. Los chicos miraban. Martini les sonrió. Fue a besarlos: No pasa nada. Mamá y papá discutían. Mamá se enojó porque se le quemó la lasagna. Le dio un beso en la frente a Sonia y salió haciendo tintinear las llaves del auto. Tenía que pensar. En la ruta iba a pensar. Nadie en las calles a esa hora en la Villa, excepto un camión de bomberos que casi lo lleva puesto. No le importó que hubiera un incendio. Ojalá ardiera la Villa entera, pensó. Pisó el acelerador. Necesitaba algo fuerte. En menos de media hora entró en Mar del Plata desierta y frenó en el Sheraton. El viento lo sacudió. En la recepción el empleado lo saludó con sonrisa de plástico. Subió al ascensor, marcó el ocho. El morochito teñido de rubio estaba saliendo de la ducha, secándose. Tenía esa expresión encantadora el rubiecito. Hola, papi, lo saludó. Le señaló unas rayas listas, una bolsita, el champagne en la frapera y las copas. Mirá lo que tengo, dijo. Dejó caer la toalla. Esta noche fiesta. Martini le pegó la primera trompada y el pibe cayó hacia atrás. Cuando se incorporaba Martini le dio la segunda. Y otra más. No podía parar de golpearlo. A quién le contaste, hijo de puta. Pará, Javier, pará. Y era probable que el pibe no hubiera contado a nadie, pero probable no quería decir seguro. Siguió golpeándolo. Patadas. Hasta que el pibe quedó acostado en el piso, la cara hecha pulpa. Frenó. Se sirvió un

226

whisky. Tenía que pensar, se dijo. Pensar, pensó. Se sentó en el sillón mirando el cuerpo inmóvil. Una coartada, pensó. Un dealer era, pensó. Le había dado una cita para pasarle un dato. Pensó. Se tomó las rayas. Cuando había entrado al cuarto el otro tenía un fierro, maquinó. Extrajo una 22 limada. Se la puso en la mano al pibe. Se sirvió otro whisky. Ahora estaba más sereno. Se miró los nudillos. No necesitaba limpiar nada. Era una buena coartada. Y buena para Sonia. También se la iba a recoger para que no le quedaran dudas.

125

Desde aquella tarde Aniko encontró una razón para refugiarse en la tapera de Tobi y no volvieron a hablarse con Moni. Más que de refugio, concluimos, se trataba de asilo. Te hace daño, le dijo Tobi. Está loca, le dijo Aniko. Es esa novela, dijo Tobi. Cree que va a ganar mucho dinero, dijo Aniko. Cree que va a ser famosa, dijo Tobi. Cree que la van a recordar después de muerta, dijo Aniko. Se quedaron un rato callados. Tobi le preparó un té. Desde esa tarde se había convertido en su padrastro. Mientras la criatura crecía en Aniko, y le faltaba cada vez menos tiempo, Tobi se ocupaba de todo. La tapera, como él la llamaba, era un galponcito reducido en el que tenía sus pocas cosas, un camastro, una silla, una radio, un anafe, unas perchas con dos o tres camisas, un gabán, unas alpargatas y los borcegos. Tenía también una estampita de San Pantaleón y en una pared había un espacio en blanco, señal de que hasta hacía nada ahí había un almanaque Pirelli cuya vista no juzgó educada para Aniko, que se agarraba la panza: Lo siento venir, Tobi. En cualquier momento. Tobi tomó su cara entre sus manos callosas: Respirá. Los ojos de Aniko buscaron los suyos: Y vos, leíste algo. Algo, dijo Tobi. Y no me vas a contar. Tobi: No te haría bien, Ani, le dijo. Tengo miedo, le susurró Ani. Tratá de dormir, no te convienen los nervios. Descansá. Tobi la cubrió con una manta y le dejó cerca la taza de té. Recorrió con la mirada el lugar. Sus pocas cosas, su mundo, la tapera, que hasta ahora le había parecido una cucha, y tal vez había estado en lo cierto porque hasta ahora, siempre hasta ahora, no había representado otro papel que el de pichicho. Agarró una caja de fósforos y salió. Vio que alguien bajaba de la escalera de la puerta alta. Era Dante. Se iba. No lo saludó. Debajo de un alero improvisado contra la tapera había unos bidones. Esta noche, murmuró. De esta noche no pasa.

126

Al otro día nos enteramos de que el resplandor que se elevaba hasta el cielo nublado se había visto desde Pinamar. No había sido un incendio como tantos de los que ocurrían en nuestra Villa, en especial en los veranos tórridos y calcinantes. Había sido una señal, un anticipo de castigo que hoy ardía aquí y mañana allá. Pero el incendio del Habsburgo no era como los demás fuegos, pasible de ser apagado. Una metáfora anticipada, pensaron los supersticiosos y aquellos que no lo éramos también, paranoicos y dudosos. Porque al quemarse el Habsburgo ese fuego consumía, violento y magnífico en su poder, el corazón de la Villa a la vez que se constituía en el epílogo de una historia. La divisamos agitando los brazos entre las llamas que envolvían el Habsburgo, el hotel desde el cual ella, Judith Rosemberg, *nom de guerre* Monique Dubois, nuestra Moni, había tendido su telaraña de influencia. La construcción, su sueño y el de su hombre, el presunto barón o marqués o duque o conde o lo que fuera Esterházy, esa construcción devenida copia en escala menor de algún símil de Budapest, maltrecha por las inclemencias invernales, que fue decayendo, fantasmal, abrasada por las llamas, retorciéndose en el fuego como si el esqueleto buscara sentarse sobre sí mismo, agachándose primero, viniéndose abajo lentamente y después, mientras el fuego, que parecía, por su furia, haber esperado agazapado desde su construcción, lo envolvía todo y se levantaba rugiente hacia el cielo nocturno de ese agosto frío y nublado, el resplandor iluminando los rostros de los vecinos que acudían como si se tratara de una fogata de San Juan, y de entre las llamas, ella, debatiéndose, una silueta de fuego, el pelo en llamas, con una carpeta ardiendo que, al soltarla, dejó caer unas hojas que se volatizaron en el fuego y entonces ella, manoteando los papeles, y fue apenas una visión, y luego la absorbió el incendio, a ella, que se había inmiscuido en la vida de muchos sino de todos, y a todos había impreso una estela de muerte, y también a quienes no tuvieron que ver directamente con ella, o ella con ellos, al participar del chismorrerío, nosotros, conectados por la fascinación de lo que se contaba, verdad o mentira, en una trama por entregas, queríamos saber cómo iba a terminar la historia, y ahora, el incendio, gran final, venía a ser el marco escénico apropiado, dicen los que allí estuvieron, su última magnífica gran actuación, y la vieron dar unos pasos, inclinarse a modo de saludo y telón y caer mientras las últimas vigas ardientes del incendio fragoroso del hotel se cernían sobre ella y la aplastaban, el fuego propagaba el peligro de un incendio forestal que podía arrasar la Villa, imparable a pesar de los vecinos haciendo cadenas de baldes y tachos mientras los gritos y la sirena ensordecedora del único camión de bomberos aturdían ya pasada la medianoche de ese mes gélido, mientras esperábamos refuerzos de los bomberos de Pinamar, y nosotros íbamos a recordar

230

el incendio que perduraría en la memoria de todos por el olor irrespirable a azufre que emanaba, pestilencia debida al demonio, y quienes estábamos esa noche ahí escuchamos que no pocos adjudicaban la pestilencia del azufre a la intervención de una fuerza satánica, y nadie podría apagar nada, eso pensamos mientras el mirador crujía y se resquebrajaba derrumbándose. Alguien dijo que no ardía solo el Habsburgo: ardíamos nosotros, ardía la Villa entera. Y otro dijo que ni un nuevo diluvio universal alcanzaría para apagar los fantasmas del pecado que allí se calcinaban mientras lo único que había zafado de la catástrofe en el lote era la tapera de atrás de donde provenía un llanto de bebé.

127

Te enteraste, le pregunta Virgilio. De qué, le pregunta Dante. Cómo no te enteraste, insiste el remisero. Está en boca de todos, dice la boca de Virgilio. El nuevo intendente será Crespi, el supermercadista. No me interesa, le dice Dante. Pero Virgilio sigue: Crespi anunció que la municipalidad reabrirá la licitación de las playas del sur, le cuenta. No es problema mío, Virgilio. El Peugeot 405 sube y baja por una alameda que, después de la última lluvia, quedó intransitable: Se me va a joder la suspensión, protesta Virgilio.

Y sigue: Como te decía, llamado a licitación y quién se va a llevar ese territorio que vale oro. Quién, eh. A Dante le cuesta darle bola. Prende un cigarrillo. Esa puntada ahí lo tiene a mal traer desde hace unas semanas. No cede con los calmantes. Y esta mañana, por fin, doblado, al levantarse, después de afeitarse y ponerse ropa limpia lo llamó a Virgilio para ir al hospital. Virgilio se preocupó. No es para tanto, dice Dante. Preferiría no hablar de eso. No es miedo, se dice. No tengo miedo. Estorbo, eso sí. Al menos tirar un tiempo más, piensa. Y el pensarlo tiene algo de rezo. No cree en dios. Y a esta altura no va a cambiar de idea. Acá estamos, maestro, le dice Virgilio. En la puerta de entrada hay una cola de menesterosos con un tufo de comida frita y olor a pata. No me esperes, le dice Dante a Virgilio. Seguro, maestro, le pregunta el remisero. Seguro, rajá, le ordena Dante. Se abre paso entre el pobrerío que espera ser atendido. Un nene que vuela de fiebre, un pibe asmático, una chica que se agarra el bombo, un hombre con una pierna rota, otra chica con la frente vendada, un jubilado con una infección urinaria, una vieja con un brazo enyesado, y podría seguir catalogando, pero se acerca a la recepción. Cuando la empleada gorda teñida de rubio y labios carmesí levanta la mirada le pregunta: Qué trae por aquí a la prensa. Quiero ver al doctor Santillán. Está operando. Dante se agarra entre el estómago y el pecho: puedo esperar. Se apoya en el escritorio. Siéntese, Dante. Ya vengo con los camilleros. No es para tanto, dice él. Pero no se puede mantener parado. Utah, piensa. Si zafo de esta me saco un pasaje a Estados Unidos y voy a Utah. Para el viaje me voy a llevar *El largo adiós*.

Agradecimientos

Siempre, a mis hijos:
Carla, Ornella, Carmela y Anselmo.

A mi hermana Patricia.

A José Rosa, Ricardo Arkader, María Domínguez, María Elvira Woinilowicz, Ángela Pradelli, Claudio Zeiger, Paula Pérez Alonso, Juan Boido, Rodrigo Fresán, Ludmila Malischevski, Ignacio Iraola.

A Luis, Lautaro y Francisco Toro, mi familia en el Náutico.

El 23 de enero de 2025, en Madrid, un Jurado presidido por el escritor Juan Gabriel Vásquez y compuesto por los escritores Leila Guerriero y Manuel Jabois; la directora de cine y guionista Paula Ortiz; la escritora y dueña de la librería La Mistral (Madrid), Andrea Stefanoni, y la directora editorial de Alfaguara, Pilar Reyes (con voz pero sin voto), otorgó el **XXVIII Premio Alfaguara de novela** a la obra titulada *Arderá el viento*.

Acta del jurado

El jurado, después de una deliberación en la que tuvo que pronunciarse sobre cinco novelas seleccionadas entre las setecientas veinticinco presentadas, decidió otorgar por unanimidad el **XXVIII Premio Alfaguara de novela**, dotado con ciento setenta y cinco mil dólares, a la obra presentada bajo el seudónimo de **Jim**, cuyo título y autor, una vez abierta la plica, resultaron ser *Arderá el viento*, de **Guillermo Saccomanno**.

Los Esterházy, una pareja excéntrica sin un pasado claro, llegan a un pueblo de la costa argentina y comienzan a regentar un antiguo hotel. Estos dos seres (y sus dos hijos, una niña y un niño más inquietantes y enigmáticos que ellos) producen el efecto de una partícula enfermiza que se introduce en las grietas de una sociedad pequeña y arrasa con su dinámica cotidiana, aparentemente calma. La pareja resulta ser un amplificador de los prejuicios, los deseos ocultos, las supersticiones, los temores y la violencia larvada en muchos de los habitantes del pueblo. *Arderá el viento* es la historia de una degradación, de un descascaramiento agónico que poco a poco deja a la vista las miserias del cuerpo social. Expuesta al influjo de los Esterházy, la extraña villa costera deja aflorar la oscuridad que circula por sus zonas subterráneas, como si los visitantes fueran una piedra de toque maligna que lograra sacar a la luz la verdadera naturaleza de los personajes.

Escrita en un estilo parco y de una rara intensidad, la novela es la cuidadosa construcción de un deterioro que, aunque transcurra en un país específico, acaba por ser una metáfora distorsionada del espíritu de nuestro tiempo.

Premio Alfaguara de novela

El Premio Alfaguara de novela tiene la vocación de contribuir a que desaparezcan las fronteras nacionales y geográficas del idioma, para que toda la familia de los escritores y lectores de habla española sea una sola, a uno y otro lado del Atlántico. Como señaló Carlos Fuentes durante la proclamación del **I Premio Alfaguara de novela**, todos los escritores de la lengua española tienen un mismo origen: el territorio de La Mancha en el que nace nuestra novela.

El Premio Alfaguara de novela está dotado con ciento setenta y cinco mil dólares y una escultura del artista español Martín Chirino. El libro se publica simultáneamente en todo el ámbito de la lengua española.

Premios Alfaguara

Caracol Beach, Eliseo Alberto (1998)
Margarita, está linda la mar, Sergio Ramírez (1998)
Son de Mar, Manuel Vicent (1999)
Últimas noticias del paraíso, Clara Sánchez (2000)
La piel del cielo, Elena Poniatowska (2001)
El vuelo de la reina, Tomás Eloy Martínez (2002)
Diablo Guardián, Xavier Velasco (2003)
Delirio, Laura Restrepo (2004)
El turno del escriba, Graciela Montes y Ema Wolf (2005)
Abril rojo, Santiago Roncagliolo (2006)
Mira si yo te querré, Luis Leante (2007)
Chiquita, Antonio Orlando Rodríguez (2008)

El viajero del siglo, Andrés Neuman (2009)
El arte de la resurrección, Hernán Rivera Letelier (2010)
El ruido de las cosas al caer, Juan Gabriel Vásquez (2011)
Una misma noche, Leopoldo Brizuela (2012)
La invención del amor, José Ovejero (2013)
El mundo de afuera, Jorge Franco (2014)
Contigo en la distancia, Carla Guelfenbein (2015)
La noche de la Usina, Eduardo Sacheri (2016)
Rendición, Ray Loriga (2017)
Una novela criminal, Jorge Volpi (2018)
Mañana tendremos otros nombres, Patricio Pron (2019)
Salvar el fuego, Guillermo Arriaga (2020)
Los abismos, Pilar Quintana (2021)
El tercer paraíso, Cristian Alarcón (2022)
Cien cuyes, Gustavo Rodríguez (2023)
Los alemanes, Sergio del Molino (2024)
Arderá el viento, Guillermo Saccomanno (2025)